Edzard Schaper
Die Legende vom vierten König
Das Christkind aus den großen Wäldern

Edzard Schaper

DIE LEGENDE
VOM VIERTEN KÖNIG

DAS CHRISTKIND
AUS DEN GROSSEN WÄLDERN

Mit Zeichnungen von Celestino Piatti
und Regine Tarara

Anaconda

Penguin Random House Verlagsgruppe FSC® N001967

Die Deutsche Nationalbibliothek verzeichnet diese Publikation
in der Deutschen Nationalbibliographie;
detaillierte bibliographische Daten
sind im Internet unter http://dnb.d-nb.de abrufbar.

Lizenzausgabe mit freundlicher Genehmigung
© 2000 & 2003, Bibliografisches Institut GmbH
(Artemis & Winkler), Berlin
© dieser Ausgabe 2017, 2024
by Anaconda Verlag München, in der
Penguin Random House Verlagsgruppe GmbH,
Neumarkter Straße 28, 81673 München
Alle Rechte vorbehalten.
Umschlagmotiv: Celestino Piatti
Umschlaggestaltung: dyadesign, Düsseldorf, www.dya.de
Druck und Bindung: CPI books GmbH, Leck
Printed in the EU
ISBN 978-3-7306-0539-4
www.anacondaverlag.de

INHALT

Die Legende
vom vierten König

Mit Zeichnungen von Celestino Piatti

Als das Jesuskind in Bethlehem geboren werden sollte, erschien der Stern, der seine Geburt anzeigte, nicht nur den weisen Königen im Morgenlande, sondern auch einem König im weiten Rußland. Es war kein großer, mächtiger Herr oder besonders reich oder ausnehmend klug und den Künsten der Magie ergeben. Er war ein kleiner König mit rechtschaffenem Sinn und einem guten, kindlichen Herzen, menschenfreundlich, sehr gutmütig, gesellig und einem Spaß durchaus nicht abgeneigt. Daß einmal ein Stern am Himmel erscheinen und die Herabkunft des Allherrschers über das ganze Erdreich ankündigen würde, und daß der Königssproß, der dann in Rußland herrschte, aufbrechen und dem größeren Herrn als Gefolgsmann huldigen müßte, das wußte unser kleiner König von allen seinen Vätern und Vorvätern her. Die hatten diese Verheißung durch viele Geschlechter bewahrt und jedem ihrer Nachfolger weitergegeben.

Er hatte eine Riesenfreude, der kleine König in Rußland, daß der Stern, der das größte Ereignis der Welt ankündigte, gerade zu der Zeit am Himmel erschien, in der er, noch jung an Jahren, am Regieren war, und beschloß, sogleich aufzubrechen. Großes Gefolge wollte er nicht mitnehmen, das lag ihm nicht, und nicht einmal einen von seinen treuesten Knechten, denn es war nichts darüber bekannt, wo der größte Herrscher geboren werden und wie weit seine Reise ihn führen würde. Er wollte sich allein auf die Suche machen. Also ließ er sich sein Lieblingspferd Wanjka satteln – keinen Streithengst oder dergleichen, sondern nur so ein kleines, unverwüstliches russisches Pferdchen: zottig und mit einer Stirnlocke, daß die Augen kaum den Weg erkennen konnten, auf dem sein Herr es lenkte, aber ausdauernd und genügsam, wie man es für eine weite Reise braucht. Aber halt! dachte der kleine König, mit leeren Händen geht man nicht huldigen, zumal es nicht nur einem hohen, sondern dem höchsten Herrn gilt. Er überlegte lange, was er wohl mitnehmen könnte, daß seine Satteltaschen es noch zu fassen vermöchten, was die Güter und den Fleiß seines Landes ins rechte Licht setzen und, vor allem, für den zur Welt gekommenen höchsten Herrn eine geziemende Huldigungsgabe sein würde. Die Reiche dieser Welt, dachte er bei sich, beurteilt ein weiser Mann stets nach der Tugend und dem Fleiß ihrer Frauen. Also nahm er etliche

Rollen vom schönsten, zartesten Linnen mit, das die Frauen seines Landes aus dem dort gewachsenen Flachs gewebt hatten. Dazu packte er etliche der schönsten, edelsten Pelze ein, die seine Jäger in den Wintern erlegt und weich wie Sammet und Sämisch gegerbt hatten. Dann, meinte der König, sieht jedermann, geschweige dieses allweise Kind, daß mein Volk auch im Winter nicht auf der faulen Haut liegt, obschon es auf unseren großen Öfen dann bei Kwaß und Gurken wie im Himmel ist. Von den Flußtälern, in denen seine Arbeiter Goldkörner aus dem Sande wuschen, ließ er sich viele kleine Ledersäcklein mit dem zauberischen Korn bringen, das den Wandel dieser Welt regiert, und aus den Bergen seines Landes, wo die verläßlichsten seiner Bergleute in den verschwiegensten Minen schürften, die keines Untertanen Wissen kannte und kein Mund je nannte, vermehrte er rasch noch den Vorrat an seltenen und kostbaren Edelsteinen, der beständig in seiner Schatzkammer lag. Die schönsten und wertvollsten nahm er als Gabe seines Reiches an den Allherrscher auf die Reise mit. Und schließlich, mehr der Frauenklugheit gehorchend, von der er gehört hatte, sie sei das einzige, was die

Welt am Saum halte, wenn die Weisheit der Könige zu Ende sei, ließ er sich von seiner Mutter
noch ein kleines irdenes Krüglein Honig hinzu-
tun, den die samtpelzigen, runden Bienchen in
den Linden Rußlands gesammelt. Kinder, welcher Art sie auch seien, hatte die Mutter gesagt,
brauchten diesen Nektar. Und sei das Kind, das
geboren werden sollte, der alten Verheißung nach
auch vom Himmel gekommen, so werde es der
Honig einer russischen Linde noch am ehesten an
seine bessere Heimat erinnern.

Dies waren die Gaben, die der kleine König mit-
nahm. Und nachdem er den Seinen alles gut an-
vertraut und ihnen gesagt hatte, wie sie's mit allem
halten sollten, bis er wiedergekommen war, ritt er
eines Nachts auf Wanjka davon, denn da leuchtete der Stern ja am hellsten. Er ritt durch sein
ganzes Königreich, aber der Stern stand und stand
nicht still. Er mußte über die Grenzen in die un-
bekannte Welt hinaus. Das tat er, aber die Fremde
war natürlich etwas anderes und Schwereres als die
vertraute, eigene Erde. Tag um Tag war er unterwegs, manchmal auch des Nachts, wenn er meinte, der lange Schweif seines Sterns, dem er folgte,
berühre beinahe die Erde und er könne ihn schon

im nächsten Augenblick mit den Händen packen und sich, ohne weiter viel nachdenken zu müssen, einfach an den Ort des Heils ziehen lassen.

Aber nein, das ging nicht. Was ihn allein zog, war sein eigenes Verlangen, dem größten Herrscher aller Zeiten und Zonen huldigen zu dürfen, und dieses Verlangen trachtete er nie ermatten oder gar ganz einfach einschlafen zu lassen, so sehr ihn auch die Fremde fesselte und verwirrte.

Er sah so vieles, was er bis dahin nicht gekannt und davon er nie gehört hatte. Das Gute merkte er sich genau, damit er es später, wie er dachte, auch bei seinem Volk im eigenen Land in Schwang setzen könnte; das Schlechte grämte und bekümmerte ihn noch mehr, als wenn er's im eigenen Land hätte sehen müssen, denn hier in der Fremde besaß er ja keine Macht, wieviel Mitleid auch in ihm erwachte, wenn er die Gerechten schmachten und die Guten im Elend sah. Er half, wo er konnte, mit Worten und Werken und bedachte, wenn er wieder allein unterwegs war, immer inniger in seinem Sinn, wie brennend nötig die Welt doch einen neuen Allherrscher brauche, der die Verfolgten zu schützen, die Unterdrückten wiederaufzurichten, die Gefangenen zu lösen, die

Kranken zu heilen und die Gerechten zu belohnen vermochte. Dieses alles, so lautete die alte Verheißung, nach der er aufgebrochen war, werde der neue Herrscher tun.

Zwei, drei Monde lang war er schon unterwegs, da hatte er eines Nachts, als der Stern besonders prächtig am Himmel wanderte und er ihm beim flinken Trab seines Pferdchens mit Wehmut im Herzen nachritt, weil er an die ferne Heimat denken mußte, aus der er vor schon so langer Zeit aufgebrochen war, eine ganz seltsame Begegnung. Das erste, was er im Dunkel erkannte, dünkten ihn wandernde Hügel zu sein. Beim Näherkommen dann gewahrte er, daß es eine vornehme Reisegesellschaft sein mußte, welche der Kühle wegen vorzog, bei Nacht unterwegs zu sein, oder welche dem Stern ebensoviel Beachtung schenkte wie er selbst. Nur ritten die Herren und ihr Gefolge nicht Pferde, sondern Kamele, die wie in Filzstiefeln einherschlurften, und was ihn wandernde Hügel gedünkt hatten, waren die höckerigen Rücken der schwerbepackten Kamele.

Als der flinke Trab des russischen Pferdchens die Gesellschaft eingeholt hatte, scharten die Diener sich sogleich schützend um ihre drei Herren, denn sie mochten Räuber befürchtet haben, aber das Mißverständnis war rasch behoben. Und unser kleiner König, gesellig wie er war, freute sich, Weggenossenschaft zu haben. Er fragte die drei Herren, woher sie kämen und wohin sie wollten, und diese nannten ihm Reiche im Osten, aus denen sie einmal aufgebrochen waren, von denen unser kleiner König noch nie erzählen gehört hatte. Ihr Ziel aber – ihr Ziel war sein eigenes Ziel: der Ort, über welchem der Stern stillestand! Dort, sagten sie, sei ihnen offenbart worden, werde ein Kind geboren werden, das der größte König, der weiseste Arzt und der höchste Priester aller Zeiten und Zonen war, und diesem Kind müßten sie huldigen und es anbeten. Der kleine König kam aus dem Staunen nicht heraus. Er erzählte ihnen, daß er aus eben demselben Grund aufgebrochen sei aus Rußland. Die drei Herren aus dem Osten kannten es dem Namen nach, aber sie schienen es für ein sehr dunkles, wildes und kaltes Land zu halten, in dem König zu sein sich gar nicht verlohne. Bis daß es Morgen wurde, versuchte der kleine König sie zu überzeugen, daß es das beste und liebste Land der Welt sei, aber das gelang ihm nicht so recht.

Und als es hell wurde und er erkannte, mit wem er im Dunkeln so freimütig gesprochen hatte, wurde er ganz kleinlaut.

Gegen soviel Pracht und Würde, wie da auf den Kamelrücken schaukelte, nahm er sich nur wie ein Strolch aus, und beim Anblick der vielen beflissenen Diener fragte er sich einen Augenblick lang, ob es nicht vielleicht doch klüger gewesen wäre, wenn er ein paar von seinen treuesten Knechten zur Aufwartung mitgenommen hätte, obschon auch seine besten Leute es mit den Schranzen dieser drei an höfischer Gewandtheit, welche jene ihren Herren abgeguckt, ums liebe Leben nicht hätten aufnehmen können. Der kleine König sah an seinem staubigen, verschlissenen Reitrock hinunter und schämte sich, und die drei großmächtigen Herren aus dem Osten schienen ihm mit ihrem gemessenen Schweigen zu bedeuten: für einen, der im Dunkeln ein so großes Wort geführt, sähe er im Hellen gar zu klein aus. Die drei waren überhaupt die seltsamsten Menschen, die der kleine König je zu Gesicht bekommen hatte, und dabei hatte er während der letzten Monde doch schon allerlei Seltsames gesehen. Der eine von ihnen, mit einem langen, gewich-

sten Spatenbart, war ungefähr so weiß wie die Menschen insgemein, der zweite war gelb wie eine Lindenblüte und der dritte gar schwarz. Nun ging dem kleinen König auch auf, warum er, als es noch Nacht gewesen war, sich mitunter hatte fragen müssen, ob er denn wirklich mit dreien und nicht nur mit zweien spräche. Der Schwarze war immer ein Stück Nacht selbst gewesen.

Auf den Feldern vor dem Ort, in welchem die Weitgereisten Herberge suchen wollten, weil der wegweisende Stern nun untergegangen war, während unser kleiner König meistens mit dem Sattel als Kopfkissen hinter einer Feldscheune schlief, funkelte der Tau der Morgenfrühe, in welchem die Sonne Feuer anzufachen schien, und die Herren priesen das Schauspiel. Da packte unseren kleinen König der Übermut, und er, so staubig und unscheinbar er aussah, wollte bei all der fremden Pracht ringsumher auch einmal für etwas gelten.

»Aber ein paar Perlen aus dem teuren Rußland«, rief er, »glänzen doch noch viel schöner als der Tau!« griff in die Satteltasche, holte ein Ledersäcklein mit Perlen hervor, die er eigentlich für das Jesuskind mitgenommen hatte, und streute die in weitem Bogen als eine Saat seiner Eitelkeit und Liebe zu dem teuren Land der Väter in das taufunkelnde Feld.

Die drei Herren schwiegen verdutzt zu diesem Überschwang. Erst nach einer geraumen Weile erkundigte sich der mit dem Spatenbart: »Waren das Perlen?«

»Freilich«, sagte der kleine König, »und eigentlich ...« Ihm fiel jetzt erst ein, daß der neue große König sie hatte bekommen sollen, aber er schämte sich, das einzugestehen, und sprach deshalb nicht weiter. »Rußland hat noch viele«, meinte er dann kurz angebunden.

»Perlen sind Tränen«, sagte der Fremde mit dem Spatenbart. »Warum sät Ihr Eure Tränen in die fremde Erde aus, Herr Bruder?«

»Ach, dazu bin ich wohl ausgezogen«, sagte der kleine König unbedacht und keck, »ich behalte ja noch immer mein Lachen!« Aber ihm war gar nicht so keck zumute, wie er tat, und mit jeder Meile, die sie noch ritten, hatte er immer mehr das Gefühl, die drei Herren glaubten ihm gar nicht, daß er zu dem gleichen Ziel unterwegs sei wie sie, oder sie hielten ihn für ganz und gar unwürdig, dieses neuen, größten Königs Vasall zu sein. Die wenige Zeit, die er noch mit ihnen zusammen war, führten die drei so gebildete Gespräche miteinander, daß er ihnen gar nicht zu folgen vermochte und lieber Unterhaltung mit einem ihrer Diener gepflogen hätte, nur verstand er die nicht.

Als sie bei der Herberge angelangt waren, in welcher die drei sich durch einen Vorreiter angesagt hatten und wo alles für ihren Empfang gerüstet war, daß sie auch in den Tagesstunden eine rechte Ruhe genießen könnten, ließ der kleine König sich gar nicht darauf ein, die mißliche Rolle eines Überzähligen zu spielen. Für die drei war er ein gar zu kleiner Herr, als daß er das Lager mit ihnen hätte teilen dürfen, und für einen Platz unter ihrem Gesinde kam er sich selbst, Rußland zu Ehren, zu groß vor. Also band er seinem Pferdchen Wanjka den Maltersack vor, nahm ihm die Packtaschen und den Sattel ab und legte sich mit denen als Kopfkissen in der Scheuer allein zum Schlaf nieder, wie er's gewohnt war.

Er schlief prächtig und träumte von Kwaß und Gurken, als läge er daheim auf einem russischen Ofen, aber als er aufwachte, geschah es von einem Stöhnen, in welchem aller Welt Jammer laut zu

werden schien. Verwundert rieb er sich den Kopf, weil er doch allein zu sein meinte, da ward er gewahr, daß nach ihm sich noch jemand eingeschlichen hatte. Es war ein junges Bettelweib, das hier untergekrochen war, um seine schwere Stunde unter einem schützenden Dach zu erwarten, und während er gemächlich geschlafen, hatte sie einem Mägdlein das Leben geschenkt. Niemand war da, der Mutter und Kind hätte beistehen können, als er allein. Gewohnt war der kleine König die Arbeit nicht, die jetzt auf ihn wartete, aber aus gutem Herzen meinte er, sich nicht versagen zu dürfen. Er holte der jungen Mutter aus der Herberge etwas zu essen und zu trinken, und weil sie in den letzten Tagen nichts von den Leuten bekommen hatte, füllte er auch ihren Beutel mit ein paar Prisen Gold aus einem seiner ledernen Säcklein reichlich auf. Nur das Kindlein hatte es noch ganz erbärmlich … Mit gerunzelter Stirn betrachtete der kleine König immer wieder dessen elende Blöße. – »Ach, du armer Schneck!« sagte er schließlich, »welcher Liederjan auch dein Vater gewesen ist, der dir nicht mehr als die dünne Haut auf diese Welt mitgegeben hat – so lasse ich dich nicht!« Und er ging hin, packte eine seiner

Satteltaschen auf, entnahm ihr eine Rolle von dem heimatlichen Linnen und trennte ein halbes Dutzend der schönsten Windeln, volles, breites, russisches Maß, davon ab.

Als er für alles Notwendige gesorgt hatte, daß Mutter und Kind unbesorgt der kommenden Nacht entgegensehen konnten, war es schon Abend geworden. Der kleine König sattelte sein Pferdchen und nahm von der Bettlerin Abschied. »In meinem Land«, sagte er zu ihr, »solltest du es besser haben«, und er erzählte ihr vom traulichen Rußland, in dem alle Bettler der Barmherzigkeit sicher sein konnten, ohne zu sagen, wer er dort war.

»In meinem Lande«, entgegnete die Bettlerin ihm mit schwacher Stimme, »solltest du der König sein. Aber ich gelte ja gar nichts, und deshalb kann ich dich nur zum König über mein Herz machen. Das aber tue ich sicher, von dieser Stunde an.«

Sieh an, sagte sich der kleine König glücklich, vom Gold und vom Linnen für den großen Allherrscher habe ich freilich einiges weggegeben, aber dafür habe ich jetzt auch in der Fremde mein eigenes Land, und vielleicht ist solch ein Herzens-

Land nicht das Schlechteste. Wenn nur der große König mir verzeiht…

Als er sein Pferd auf den Hof der Herberge führte, lag der weit und verlassen da. Die Karawane der drei großmächtigen Fremden, sagten die Leute, sei beim ersten Sternenstrahl davongezogen. Dieser Stern da, mit dem langen Schweif, sagten die Leute und zeigten auf den großen Stern, weise ja auch auf ein ungewöhnliches Ziel.

Der kleine König wiegte nachdenklich den Kopf. Zum erstenmal auf der ganzen Reise schlich sich ein Bangen in sein Herz ein, und ein dunkles Gefühl, schon vom Morgen her, daß er gefehlt oder etwas versäumt haben könnte. Aber dann faßte er sich, legte den Leuten noch einmal die Bettlerin mit ihrem Kinde ans Herz und ritt davon.

Er ritt und ritt, er ritt diese Nacht und die folgende und alle Nächte, die in diesem Mond noch kamen; längst hatte er alle Lieder der Heimat gesungen, die er in seinem Gedächtnis bewahrte und sich selbst und Wanjka des Nachts zur Ermunterung vorsang; nie mehr holte er die Karawane der drei Könige aus dem Morgenland ein. Es war, als hätte sie die Erde verschluckt. Wo er nach ihr fragte, bekam er wortkarge Antworten, so daß er mehr als einmal der Meinung war, die drei hätten den Leuten mit Fleiß aufgetragen, falsche Auskunft über ihren Weg zu geben, obschon das Land eben in Frieden lag und alle Tore, auch bei Nacht, offenstanden. Doch solange der große Stern am Himmel stand und er seinen Weg nach dem wählen konnte, war er niemals richtig verzagt, Könige hin, Könige her. Freilich hätte er seine Aufwartung gerne mit denen zusammen gemacht; nicht so sehr, weil dann etwas von ihrem Glanz auf ihn hätte fallen können, sondern weil Gesellschaft dem Schüchternen immer ein wenig mehr Mut gibt.

Die, mit denen er tagsüber Gesellschaft hatte, gewannen allerdings nicht den Eindruck, daß er so besonders schüchtern sei. Es steckte doch ein König in ihm, der gewohnt war, zu befehlen, und mit dem König zugleich ein Richter. Je weiter er nach Süden ritt, desto ungerechter dünkten ihn jene, welche über diese Länder herrschten, und desto härter war das Los der Beherrschten. Krankheiten und Seuchen fraßen wie die Räude um sich, und wehe denen, die zum Siechtum verurteilt waren, denn sie hatten ein jahre- und jahrzehntelanges Sterben ohne Obhut und Pflege.

Die Peitsche regierte, wo das Zepter hätte walten sollen, und der Mensch verwandelte sich zur Ware. Dem kleinen König gingen die Augen über, was alles der neue große König, der zur Welt kommen sollte, hier noch auszurichten haben würde, und jetzt erst konnte er so recht ermessen, wie sehnlich man auf ihn gewartet hatte, Geschlecht um Geschlecht. Er, der kleine König aus Rußland, wollte ihm beileibe nicht vorgreifen, sicher verstand er sich nicht so gut aufs Regieren wie jener, obschon der erst einmal ein Kind sein würde, aber wenn die Not ihn gar zu grausig dünkte, dann streckte er etwas aus dem Huldigungsschatz für den Allherrscher vor, sie zu lindern, und sagte bisweilen auch, daß der Dank, den er erntete, nicht ihm, sondern dem anderen, dem großen Kommenden, gebühre. Auf diese Weise schrumpfte sein Vorrat an Ledersäcklein mit Gold mehr und mehr zusammen, und er konnte sich ausrechnen, daß der Tag nicht fern war, da er anfangen mußte, Edelsteine in Münzgold zu wechseln.

Dieser Tag kam dann noch viel eher, als er ausgerechnet hatte. Denn als er eines Abends mit ansehen mußte, wie zwei riesige, feiste Aufseher die

ausgemergelten, leibeigenen Arbeiter und Arbeite-
rinnen einer Pflanzung, die nach der Meinung
der beiden nicht rasch genug gearbeitet hatten,
mit einem Hagel von Stockschlägen bedachten,
unter denen nicht wenige wie tot zusammen-
brachen, kaufte er kurzerhand die ganze Schar
los.

Das war nun freilich ein Geschäft, das nicht nur
viel Geld brauchte, sondern auch mehr Zeit
raubte, als er zwischen Abend und Sternaufgang
besaß, und zum erstenmal auf der ganzen Reise
blieb der kleine König an diesem Ort über Nacht.
Er saß zwischen den Freigekauften, die ihn als
ihren Erlöser feierten, und sah den Stern über den
Himmel wandern, seinen Stern... Aber er ritt
ihm nicht nach. Wanjka, der es gewohnt war, um
diese Zeit zu traben, verwarf unruhig den Kopf
und wunderte sich sehr.

Am andern Tag ritt der kleine König zum ersten
Male beim hellen Sonnenschein weiter, obschon
er nichts besaß, was ihm den Weg weisen konnte,
als sein eigenes Gutdünken. Aber er hatte den
Ort, da er als Erlöser gefeiert worden war, rasch
hinter sich bringen wollen. Eine tiefe Falte der
Nachdenklichkeit kerbte ihm die Stirn, als er

auf dem in der ungewohnten Sonne blinzelnden Wanjka dahinritt. Er fragte sich nämlich, ob das Gute auch immer das Richtige sei... Die Freigekauften waren schon am frühen Morgen zu ihm gekommen und hatten gefragt, wer ihnen jetzt zu essen gäbe. Als Leibeigene waren sie es gewohnt, daß ihre Aufseher und Peiniger nicht nur den Stock der Strafe, sondern auch die Suppenkelle schwangen, und an diesem ersten freien, arbeitslosen Morgen ihres Lebens hatten sie weder das eine noch das andere geschmeckt. Nun waren sie hungrig, sie wollten essen... Der kleine König hatte ihnen, bevor er davongeritten war, noch einmal Geld gegeben, davon sie sich Essen für drei Tage kaufen konnten. Und dann, hatte er ihnen gesagt, sollten sie die Arbeit von freien Menschen verrichten. – Schon auf der ersten Meile hinter dem Ort begann er zu zweifeln, ob sie das tun würden. Vielleicht waren sie das Sklavendasein zu sehr gewohnt, als daß sie noch als Freie zu leben vermochten, und würden sich vielleicht noch einmal freiwillig selbst verkaufen, um der Suppenkelle sicher zu sein, die immer kam, der Stock nur bisweilen.

An diesem Tag, im hellen Sonnenschein, zählte

der kleine König die Säcklein, die er noch besaß, und erschrak. Es waren ihrer viel weniger, als er gedacht hatte, viel weniger. Vielleicht, dachte er, sich selber zur Entschuldigung, hat man mich einmal tagsüber bestohlen, ohne daß ich's gemerkt habe? Ich habe so einen festen Schlaf, und wenn ich von Kwaß und Gurken träume, könnte man mich einfach wegtragen! Gar nicht davon zu reden, daß einer die Packtaschen öffnen könnte... Im Grunde aber glaubte er selber nicht daran, es waren nur Ausflüchte seines Gewissens.

Er beschloß, sehr sparsam zu sein und den Schatz des Allherrschers nicht mehr anzugreifen, damit der keine gar zu geringe Meinung von seinem Lande bekomme. Und außerdem, tröstete er sich ein wenig zu eifrig, besaß er ja immer noch ein paar Rollen von dem feinen Linnen und das Pelzwerk und das Krüglein Honig, das allein vieles, vieles aufwog, weil es von den runden, goldpelzigen russischen Bienchen in einer Linde gesammelt worden war. Aber... Schon bevor es Abend geworden war, hatte der kleine König sich wieder einmal gegen die eigenen guten Vorsätze vergangen und verzagte an sich selbst. Er hatte ein paar

Aussätzigen, die ihn sehr gedauert, eine ganze Rolle von seinem feinen Linnen zu Binden zerschnitten, mit denen sie ihre eiternden Schwären bedecken und also auch hoffen konnten, daß ihre Plagen unter den Schwärmen ekler Fliegen gelinder würden.

Jetzt komme ich ins Gebirge, dachte der kleine König, da wird die Luft reiner sein, ich werde keine Fliegen auf den eiternden Schwären der Aussätzigen zu sehen bekommen, und folglich werde ich auch die Versuchung loswerden, noch einmal etwas wegzugeben. Aber je leichter er von seinen Versuchungen und Schwächen loszukommen trachtete, desto schwerer wurde ihm das gemacht. Schwächen sind es ja eigentlich auch gar nicht, dachte er bei sich selbst. Was kann einer dafür, daß Gott ihm ganz andere Notwendigkeiten über den Weg schickt als anderen Menschen! Es sollte mich wundern, wenn der größte aller Könige dafür kein Verständnis hätte. Huldigungsgaben sind gut und schön, aber daß seinen künftigen Untertanen beizeiten geholfen wird, ist doch noch besser. Und außerdem: wenn ich ihm erzähle, was ich eigentlich alles hatte mitbringen wollen – wie wird er mir nicht glauben! –

So knüpfte er sich von einer Meile zur anderen ein immer feineres Netz von Rechtfertigungen, warum er gerade so habe handeln müssen, wie er's getan, und immer weiter so handeln müßte.

Der Abend, da er ins Gebirge aufbrach, ging dunkel und wolkenschwer herein, denn der Winter war nahe. Ein einziges Mal, beim Aufbruch, sah der kleine König seinen Stern, dann wurde ihm der von Regen verborgen. »Spring, Wanjka, spring! Beiß ihn in den Schwanz!« rief der kleine König da noch keck und trieb Wanjka zur Eile, aber die ganze Nacht ritt er in die Irre und mußte am Morgen froh sein, daß er Wanjka und seine Glieder heil beisammen hatte, so unwegsam und wüst war die Gegend gewesen. Und als die Sonne aufging, fand er den überfallenen Kaufmann, den die Räuber, die in diesen Bergen hausten, am Abend vorher niedergeschlagen und bis aufs Hemd geplündert hatten.

»Oi, Freundchen«, sagte der kleine König voller Mitleid, »du siehst aus wie ein Engelchen, das sich aus dem Himmel verflogen hat, so nackt wie du bist. Dir wird man um der Barmherzigkeit willen helfen müssen.«

Erst verband er den Verwundeten. Wollte es

seinen Ohren auch scheinen, das feine Leinen schreie förmlich auf, wenn er von einer Rolle die Binden abriß, so schalt er's in seinem Herzen und befahl ihm, stille zu sein, denn Blut zu stillen solle es sich als höhere Ehre anrechnen, als die Notdurft eines Kindes zu sammeln. – Dann labte er den Verletzten mit Essen und Trinken.

»Aber nackt wie ein Engelchen bist du immer noch geblieben«, sagte der kleine König und kratzte sich hinter dem Ohr. »Wanjka«, sprach er weiter, »hat einen schönen und langen Schwanz und eine dichte und zottige Mähne. Aber schnitte ich ihm auch alles hier auf der Stelle ab, könnte ich dir immer noch kein Kleid daraus weben ... Es wird nichts helfen, es werden ein paar Pelzchen daran glauben müssen, und noch eine Rolle vom Leinen, sonst erfrierst du.«

So ging es zu, daß der überfallene Kaufmann im feinsten Hochzeitsleinen und in Zobel gekleidet aus seinem Unglück zu den Menschen zurückkam und der kleine König mit beinahe leeren Packtaschen seinem Stern nachritt. Und jetzt war es beinahe, als hätten seine Taschen Löcher bekommen, so rasch ging auch das letzte dahin. Als der kleine König ein Jahr unterwegs gewesen war, konnte er in allen Taschen den Boden fühlen. Das Leinen war den Nackten und Kranken zugekommen, die Pelze den Frierenden, das Gold und die Edelsteine – bis auf die Perlen, die er im ersten Übermut gesät – den Bedürftigen und Gefangenen. Einzig die Gabe der Mutter, das irdene Krüglein mit Honig, war übrig, und darin ließ der kleine König die Sonne sich spiegeln, als er den Deckel vorsichtig gelüftet hatte.

Er saß am Wegrand, ließ Wanjka grasen, der in der letzten Zeit kaum je Hafer gekostet und noch struppiger als früher und bedenklich mager und ein Pferdejahr älter geworden war, was mehr gilt als ein Jahr unter Menschen. Verzückt schaute er in den glänzenden Spiegel des gelblichen Nektars und sah im Geiste das grün-goldene Feuer der blühenden Linden daheim, wie sie dastanden und in der Sonne badeten, jede einzige eine Wolke von Duft und Gesumm. Den kleinen König überwältigte ein unendliches Heimweh. Ach! dachte er bei sich, lieber eine kurzlebige Biene daheim sein als ein unbekannter König in fremdem Land! Und lieber den Linden nachfliegen, als den Sternen nachlaufen! Jetzt war er schon ein Jahr unterwegs und sah noch immer kein Ende ab.

Die Fremde war ein Elend geworden, das Neue schal, und seitdem er alles, was er besessen, verschenkt hatte, sprach er eigentlich nur noch mit Wanjka. Er war so einsam geworden, wie er sich's gar nicht hatte vorstellen können.

Die erste wilde Biene, die, nach dem Winter heißhungrig und vom Duft der russischen Linden gelockt, sich auf den Rand des irdenen Krügleins setzte und Honig sog, sah er noch nicht, oder sie flog zu rasch wieder fort, als daß er sich Gedanken darüber gemacht hätte. Erst als drei und vier und dann dreißig und vierzig und immer mehr dahergesummt kamen, merkte er, daß man, nachdem er nichts mehr schenken konnte, ihm das letzte, was er besaß, rauben wollte. »Weg! weg!« schrie der kleine König und fuchtelte mit beiden Händen und suchte nach dem Deckel, den er beiseite gelegt hatte, ohne ihn finden zu können, denn ohne daß er's gemerkt hatte, saß er darauf. Unterdessen hatte der glänzende Spiegel seines Honigs sich mit Bienen bedeckt, und alle schleckten sie den heimischen Honig. Als der kleine König zugriff und mit dem Krüglein in der Hand aufsprang, stand er alsbald in einer wahren Wolke von blitzenden Flügeln, und je mehr er das Krüglein schwenkte und die Lüsternen abzuwehren versuchte, desto ärger stachen sie ihn.

»Weg! weg!« schrie der kleine König abermals, aber diesmal galt das ihm selbst. Er wollte auf Wanjkas Rücken entfliehen und so das Krüglein in Sicherheit bringen. Doch Wanjka … Wanjka, selber von Bienen bedrängt, galoppierte längst irgendwo mit gesteiltem Kopf, wild ausschlagend und den Hals verwerfend gegen den Wind über die Felder, um sich dann am Boden zu wälzen und jene geflügelten Feinde, die sich in seiner Mähne verfangen hatten, dadurch unschädlich zu machen, daß er sie zerdrückte. Der kleine König sah ihn kaum, denn von den vielen Stichen, die er erhalten hatte, schwollen ihm schon die Augen zu. Seine Rechte hielt immer noch das Krüglein, aber ihm war, als hielte er diese Hand, die ein einziges Gewimmel von Bienen war, in flüssiges Feuer. Ja, ja, dachte der kleine König mehr traurig als zornig, freßt nur, freßt mich nur bei lebendigem Leibe auf! Er war so todtraurig, daß er hätte weinen mögen, wenn seine Augen es nur noch hätten können. Aber sie konnten es nicht mehr, schon staken zu viele Bienenstachel in den geschwollenen Lidern. Er konnte nichts anderes, als stillhalten: dem glühenden Schmerz, der Traurigkeit, dem Dunkel, in welchem für ihn die ganze Welt mitsamt der Sonne untergegangen war. Und so blieb er sitzen und hoffte, daß niemand ihn in seinem Elend finden und daß das Pferdchen wieder zu ihm kommen würde, wenn die Bienen es nicht mehr plagten, denn außer Wanjka besaß er ja nichts mehr. In seinem Herzen war nichts als Hader: mit der Verheißung, die ihn hatte aufbrechen lassen, mit dem Stern, der nicht hatte stillstehen wollen, mit dem größten König aller Zeiten und Zonen, der ihn von so weither bestellt, mit der Fremde, die ihn so trügerisch genasführt, mit den drei Königen, die ihn im Stich gelassen hatten, wie er meinte, und mit der Undankbarkeit jener, denen er wohlgetan ... Nur mit sich selber haderte er nicht.

Was für ein Tag es war, an dem seine Augen sich wieder für ein Spältchen öffneten, daß er das Licht der Sonne zu sehen vermochte, wußte er nicht. Es war sehr lange dunkel um ihn gewesen, er hatte die Tage und die Nächte in Fieber und Schmerzen nicht zu zählen vermocht. Als er die Welt wiedersah, schien sie ganz die gleiche zu sein wie damals, als die Bienen ihn überfallen

hatten. Wanjka weidete in seiner Nähe, der Sattel hing schief von seinem tief eingerittenen Rücken herab, und die Packtaschen waren schlaff wie leere Bälge. Mit dem ersten Blinzeln durch die abschwellenden Lider aber hatte der kleine König gesehen, daß das Honigkrüglein in seiner rot aufgeschwollenen, unförmigen Rechten leer war – ganz leer. Und keine Biene war weit und breit zu hören. Da warf er in nachtschwarzer Verzweiflung das Krüglein der Mutter in hohem Bogen weg, daß es an den Felsen zerschellte, ging mit taumelndem Schritt auf Wanjka zu und gab ihm als ersten Willkomm einen Tritt auf die Kruppe. Dann schwang er sich in den Sattel und jagte, zum ersten Male wieder mit Tränen in den Augen, von dem Ort seines letzten Unheils davon. Er verfluchte alle Kreatur und die Schöpfung, die ihn bestohlen.

Wenige Tage später aber kniete er neben Wanjka, dem er in seiner Verzweiflung so unrecht getan hatte und der jetzt, alle Viere von sich gestreckt, krank auf dem Boden lag und nicht mehr aufstehen wollte, und sprach mit ihm. »Wer«, sagte der kleine König und sah dem Pferdchen in die Augen, in deren unergründlichem Blick schon

blaue Schleier dahinzuwehen schienen, »wer wird mich zu meinem Stern bringen, und wer wird mich zurücktragen in die teure Heimat, wenn nicht du, Freund? Verzeih mir den Fußtritt von neulich! Ich habe ihn mir nicht selber geben können, aber so war er gemeint, glaub mir!« – Wanjkas Nüstern bebten leise, als schnoberte er den Duft vom Heu der heimatlichen Weiden, sein Kopf steilte sich, und er streckte alle Viere noch länger von sich, daß die Fesseln knackten und er beinahe wie ein richtiges Pferd aussah. – »Du kannst nicht antworten«, sagte der kleine König, »ich weiß, aber so geringschätzig zu lachen brauchst du nun auch nicht, wenn ich dich frage«, denn er meinte, Wanjka hätte seine Zähne beim Lachen entblößt. Doch da war Wanjka schon tot.

Als dem kleinen König das aufgegangen war, saß er noch viele Stunden neben dem vierbeinigen Freund und liebkoste seinen gespannten, immer steiferen Hals und spielte mit dem Zotteldickicht der Mähne. Einmal raffte er den dichten Vorhang der Stirnlocken beiseite und wollte ihm in die Augen blicken. Aber das fremde, glasige Dunkel darin hielt er nicht aus. Dabei mußte er nur an den schelmischen Trotz, an die Neugier und an die treue Geduld denken, die früher darin gewohnt hatten. Er ließ die Locken zurückfallen, stand auf und war viele Stunden damit beschäftigt, von weit und breit her Steine zusammenzutragen, die er über den toten Freund häufte, damit nicht das wilde Getier seinen Schlummer unziemlich störe. Die untersten Steine lehnte er ganz behutsam gegen Wanjkas erkaltete Flanken und entschuldigte sich fortwährend, wenn sie ihn drückten. Und dann setzte er sich neben den steinernen Hügel und wartete auf den Stern.

Der Stern kam in der ersten Nachtstunde nicht und nicht in der zweiten, nicht in der dritten und nicht in der vierten, der König mochte sich die Augen ausstarren, soviel er wollte, und den Wind schelten, der ihn weinen machte. Erst geraume Zeit nach Mitternacht sprang er auf und hastete in der Finsternis davon. Aber wie schnell er auch sprang – so schnell wie Wanjka vermochte er's nicht, und er wurde sich klar darüber, daß die Reise jetzt noch länger dauern würde. Doch auch damit waren seine Sorgen nicht zu Ende. Was in der ersten Nacht nach Wanjkas Tod geschehen war: daß der Stern erst dem Morgen zu erschien, wiederholte sich jetzt Nacht für Nacht. Ja, der Stunden, da der Stern – tief über dem Horizont gen Süden – sichtbar war, wurden es immer weniger, wenn er sich das auch nicht eingestehen wollte. Sein Schweif hing nicht mehr ins Firmament hinab, sondern stützte sich irgendwo dort vor ihm im Süden auf die Erde, dort wo ... Dort, wo ... Der kleine König rannte förmlich durch die Nacht, daß weit und breit die Hunde argwöhnisch heulten und die Wächter stutzten. Was hat das alles genutzt, dachte er verbittert, Hungrige zu speisen, Nackte zu kleiden, Gefangene zu befreien, alles zu verstreuen und dabei nur die Tränen des eigenen Unglücks zu säen ... König zu werden über das Herz eines Bettelweibes, haha! Darauf habe ich mir einmal etwas eingebildet, ich Narr! Jetzt komme ich trotz allem zu spät, und komme ich zurecht, dann bin ich ein Bettler, den man nicht vorläßt!

Einmal dann, gar nicht viel später, kam für ihn die längste Nacht seines Lebens: die Nacht, da der Stern überhaupt nicht erschien, so wolkenlos klar das Dunkel auch war. Da saß der kleine König vom Einnachten bis zum Morgengrauen auf einem Fleck. Tagsüber ging er weiter, aber mehr nach seinem Gutdünken als nach einer himmlischen Weisung, und als er sich eine zweite Nacht vergeblich die Augen ausgestarrt hatte, schlich er in der Morgenfrühe zu einem Stall und schlief. Die Streu war noch warm von den Leibern der Tiere, die hier genächtigt, und er dankte Gott für die Wohltat, die er ihm bereitet.

Von der zweiten Nacht an, in welcher der Stern nicht mehr leuchtete, konnte man eigentlich sagen, daß der kleine König aus Rußland eine Art Landstreicher wurde. Er ging und ging, ging tagsüber und nachts, ging mal mit Hoffnung im Herzen und mal mit Trotz und Verzweiflung oder mit Kummer, aber er hatte kein rechtes Ziel mehr, weder in seiner Seele noch vor Augen. Und je weniger ihm sein Ziel vor Augen und im Herzen stand, desto mehr verstrickte er sich in das Unglück und die Händel der Welt, die ihn hier ärger dünkten, als ein König – und sei es der allergrößte aller Zeiten und Zonen – sie je zu bessern vermöchte. Und deshalb ging es mit ihm dann auch so, wie es ging.

Er war eines Morgens ans Meer gekommen, in eine fremdartig schöne Hafenstadt, und hatte vom Morgengrauen an drunten am Wasser geses-

sen und zugeschaut, wie die Morgenröte sich gleich Perlmutter in den Wellen brach. Ach! hätte er noch Perlen gehabt, sie und etwas von ihrem Glanz hinzuzuwerfen! Dann war er Zeuge eines wilden Auftritts geworden. Eine Galeere, die im Hafen lag, war zur Abfahrt bereit; nur fehlte ein Mann. Der Mann an den Riemen, der fehlte, war tot. Er war ein säumiger Schuldner des Schiffsherrn gewesen, und jener hatte ihn durch das Gericht dazu verurteilen lassen, auf einer seiner Galeeren zu dienen, bis er mit der Kraft seiner Arme die Schuld abverdient habe. – Diese Arme waren nicht stark genug gewesen, der ganze Mann nicht zum Galeerendienst tauglich. Ehe das Schiff hier angelegt, hatte man seinen Leichnam ins Meer werfen müssen. Nun aber kamen der Schiffsherr und seine Knechte und führten zwischen sich den halbwüchsigen Sohn des Toten, der in des Vaters Fessel geschmiedet werden sollte, und nebenher ging seine noch junge Mutter und flehte den Schiffsherrn um Erbarmen an. Der erwiderte barsch, daß er von nichts wissen wolle, als daß der Sohn alsogleich in des Vaters Fesseln träte.

Der kleine König, abseits, hörte sich das alles an und sah mit Grimm und Gram in seinem Herzen

zu. Die junge und, wie ihn dünkte, schöne Witwe
dauerte ihn, und sie rührte ihn in ihrem Schmerz
um den halbwüchsigen Sohn, dem man heute
schon ansehen konnte, daß er dem Vater bald ins
Grab folgen würde. Wie ein Schaf, das zur
Schlachtbank geführt wird, stand er hilflos und
untätig da und schaute bald die Mutter, bald
seine Häscher an, während seine Mutter den
Schiffsherrn beschwor, sie wäre, wenn er ihr den
Knaben nähme, ohne Ernährer.

»Erst abverdienen, was schon aufgegessen ist!«
schrie der Schiffsherr roh lachend, oder ob sie vielleicht selbst kommen wolle? Das gäbe einen Spaß!
Der kleine König betrachtete die junge Frau. Ihm
fielen mit einemmal so viele junge Mädchen daheim in seinem eigenen Land ein, die er mit
Wohlgefallen angesehen, um die er aber nie ge-
freit hatte. Er stellte sich vor, wie schön es sein
könnte, an der Seite einer sanftmütigen und
treuen jungen Frau, wie es diese gewiß war, zu
leben, bei Tag und bei Nacht… Und als der
Schiffsherr an der Hafenbrücke Befehl gab, den
Knaben ins Schiff zu bringen und ihn in die Fessel zu legen, jetzt eile es ihm, denn der Morgen-
wind wehe günstig, sprang der kleine König von

seinem Platze abseits hervor und trat unter die Leute.

Dann gehe er statt des Knaben, sagte er leise und blickte den Schiffsherrn herausfordernd an.

Das erste, was er hörte, war ein höhnisches Lachen. Dann hatten die Augen des Schiffsherrn ihn eingeschätzt, wie der Metzger ein Stück Vieh betrachtet, das ihm zur Schlachtung geboten wird. – Oho! traue er sich's zu? Er solle es sich dreimal überlegen, sagte der Schiffsherr, die Reise sei nicht so bald zu Ende, wenn er die runde Zeche, die ihm sein Vorgänger eingebrockt, bis zum letzten Heller bezahlen wolle. Und für Leute mit seinem aufrührerischen Blick käme manchmal noch ein Draufgeld hinzu ... Ihm sei es sonst recht. – Er hatte nämlich mit einem einzigen Blick erkannt, daß der kleine König ein besserer Ruderknecht sein würde als der halbwüchsige Knabe.

Der kleine König blickte die junge Witwe an, deren Augen überweit geworden waren von Bestürzung und Hoffnung. Er sah, daß sie schön war und daß die Hoffnung für ihren Knaben sie unter ihren Tränen nur noch schöner machte. Er hätte sie lieben mögen bis ans Lebensende, wenn er selbst nur noch Hoffnung genug für sein Leben gehabt hätte.

»Es bleibt so«, sagte er dann leise, kehrte sich ab und stieg ins Schiff hinunter, wo der Galeerenvogt ihn in die Eisen schloß.

Nun kam die Zeit im Leben des vierten Königs, von der so schnell erzählt ist und die zu leben doch so lange, so grausam lange währte, beinahe dreißig Jahre lang. Dreißig Jahre auf der Galeere! Er war arglos gewesen, als er sich für den halbwüchsigen Knaben der Witwe in die Fessel des Toten hatte schließen lassen, und hatte gar nicht nach der Höhe der Schuld gefragt, die der Tote ihm hinterlassen, und wie lange er rudern müsse, um sie abzudienen. Als die Eisen sich erst einmal um seine Knöchel geschlossen hatten, bekam er, wann immer er fragte, zur Antwort: »Noch längst nicht!« Jahr um Jahr hatte er sich ›noch längst nicht‹ genug geschunden, Bank an Bank mit aller Welt Abschaum und den Unglücklichen, die durch Torheit oder Arglist hier geendet. Zweimal in diesen dreißig Jahren gelang es ihm zu fliehen, aber beide Male wurde er wieder gefangen, weil seine jahrelang in den Eisen eingeschlossen gewesenen Füße ihn nicht rasch genug hatten von

der Küste wegtragen können. Für beide Flucht-
versuche wurde die Zeit verlängert, mit der er die
Schuld des Toten abzudienen hatte, obschon ihm
klar war, daß diese ›Schuld‹ nur noch ein Vorwand war. Unzählige Male, wenn er Willkür und
Unrecht grausam unter den Gefährten seines
Unglücks wüten sah, zettelte er Aufruhr an und
mußte ein jedes Mal jenes ›Draufgeld‹ auf die
Zeche zahlen, das ihm der Schiffsherr an dem
Morgen in dem fremden Hafen vor den Augen
der jungen Witwe für seinen aufrührerischen
Blick schon vorausgesagt hatte. Der Schiffsherr,
unter dem er eingetreten war, starb; der Sohn
erbte ihn als fleißigen, ob auch störrischen Ruderer, und nach etlichen Jahren, als auch die Vögte
ein paarmal gewechselt hatten, gab es niemand
mehr, der noch wußte, daß er ja eigentlich nur für
einen anderen auf die Bank geschmiedet dasaß
und nur so lange zu fronen brauchte, bis die
Schuld des Toten getilgt war. Und dieses: allmählich in Vergessenheit zu geraten mit seinem Opfer
und letztlich gleichsam nur zur stummen Einrich-
tung des Schiffes zu gehören, war vielleicht das
schlimmste und das schwerste für den kleinen
König. Dieses Vergessen löschte ihn selber als

Menschenwesen aus. Von da an erlosch er zusehends selber und wurde seinem eigenen Schatten gleich. Aus den tief eingesunkenen Augen des abgemagerten Gesichts konnte er vor sich hinstarren, ohne daß jemand zu sagen vermocht hätte, ob er überhaupt etwas sah, ja ob er lebte. Sein Blick glich mit jedem Jahr mehr jenem, den er vor langer, langer Zeit eines Morgens in den großen Augen Wanjkas gesehen und damals nicht zu ertragen vermocht hatte. Und doch: mochten andere es auch nicht gewahren können – er sah etwas, und er lebte darin, nur noch darin. Er sah noch einmal und immer wieder den Stern, um dessentwillen er vor vielen Jahren aus der teuren Heimat aufgebrochen war, sah ihn bei Nacht und bei Tag jetzt, denn das Licht war dunkel genug, daß er ihn auch tagsüber, wie aus einem tiefen Brunnen, zu erkennen vermochte, und alles Dunkel, das ihn unaufhörlich in der fiebrigen Hitze unter Deck auf der Ruderbank umgab, wurde für ihn von seinem Glanze zerteilt. Er bedachte alle Wege, die er geritten war, und vor allem jenen Morgen, da ihn der fremdländische König aus dem Osten gefragt hatte, warum er seine Tränen in die fremde Erde säe.

Ich behalte ja noch mein Lachen, hatte er damals töricht zur Antwort gegeben; jetzt hatte er's lange verloren, auch das; wie die Perlen, das Gold, die Edelsteine, die Pelze und das Linnen. Und an das Königreich, das die Bettlerin ihm in ihrem Herzen bereitet hatte, wie sie gesagt, konnte er nicht mehr glauben und nicht darauf hoffen.

Unsägliche Reue erfüllte seine Jahre. Er hatte alles vertan, wie er meinte, er hatte sinnlos verschwendet. Gar nicht zu reden davon, daß er nicht des Allherrschers Vasall werden konnte – er war nicht einmal mehr der Krone in der Heimat würdig. Längst hatte sie sich gewiß auch ein anderer aufgesetzt, und er war vergessen. Nur wunderte er sich von Jahr zu Jahr mehr, warum die Herrschaft des größten Königs, dem zu huldigen er ausgezogen war, sich gar nicht mit einer Wende zum Besseren in ihrem elenden Leben auf der Galeere bemerkbar machte.

Und dann sah er die junge, schöne Witwe vor sich, um deretwillen er einst darin eingewilligt hatte, ein Ruderer der Galeere zu werden. Er hatte sich längst klargemacht, daß es nicht geschehen war, um das Los des Knaben zu lindern, sondern um der Frau, der Mutter, ein Zeichen seiner

jäh erwachten Liebe zu geben. Und er fand, das
Licht des Sterns dürfe und könne auch dieses
Gesicht bestrahlen, und da habe er nichts zu ver-
bergen oder zu bereuen. Aber wo war sie? Sicher
hatte sie ihn längst vergessen, dachte keinen Augenblick mehr an den Fremden, der ihr den
Ernährer erhalten, oder hatte längst abermals
einen Mann genommen – das Königreich ihrer
Liebe verschenkt, wie die Bettlerin ihr Herz gewiß
dem Nächstbesten, der ihr nach der Begegnung
im Stall ein paar Münzen geschenkt, obschon sie
es ihm versprochen und abgetreten. Ach! der Gedanken waren viele und der Nächte und Tage in
beinahe dreißig Jahren, sie zu denken, noch mehr.
Darüber fiel eine kräftige Rudererbrust ein, ging
der Atem mühsam wie aus einem zerlöcherten
Balg, wurden erst die Schläfen vorzeitig grau und
dann der ganze Kopf, und die Augen sanken
glanzlos tief ein in den Höhlen, während die
Haut unter den schweren Fesseln allmählich zu
Leder geworden war.

Als man den kleinen König eines Tages aus dem
Dienst entließ, mußte man ihn an Land tragen.
Er taugte nicht mehr für die Galeerenbank, er
taugte nur noch zum Sterben. Aber der Hafen, in

dem er an Land getragen wurde, war der gleiche wie vor beinahe dreißig Jahren, in welchem er sich auf der Galeere hatte in Fesseln schmieden lassen.

Er lag ein paar Stunden, gegen einen Prellstein gelehnt, im Schatten und ließ den Wind um sich wehen, den er nach der dumpf-unbewegten Fieberhitze unter Deck in dreißig Jahren unsäglich genoß. Vor dem flimmernden Silberspiegel der See schloß er die Augen. Er hatte ihre mörderische Grausamkeit kennengelernt, ihr Lächeln konnte ihn nicht mehr verführen. Die Hafenhunde beschnüffelten ihn und hoben ihr Bein an seiner Schulter, er verjagte sie nicht. Er mußte erst wieder zum Leben erwachen. Zwischendurch schlief er wohl auch etliche Male ein. Daß er auf eigenen Füßen aus dem Hafen würde weggehen können, glaubte er nicht. So bald trugen ihn die eigenen Füße noch nicht. Er hatte sie jahrelang kaum benutzt. Aber er wollte zufrieden sein, wenn er hier liegenbleiben und einmal für immer einschlafen durfte. Doch gegen Abend kam ein dem Anschein nach wohlhabender und, nach den Dienern, die ihn begleiteten, sehr angesehener Mann an seinem Prellstein vorbei, blieb stehen, betrachtete ihn lange und fragte ihn dann, woher er komme.

Der kleine König hob nur stumm seine Hand und deutete vor sich hin aufs Meer. Von dorther komme er. – Sprechen mochte er nicht.

Sei er von einer Galeere entlassen? fragte der Mann, der mittlerweile mit Schaudern die lederhäutigen, nackten Knöchel betrachtet hatte, die dreißig Jahre lang in Eisen eingeschlossen gewesen waren.

Der kleine König nickte stumm. – »Heute, ja«, war alles, was er dann zu sagen vermochte.

»Könnt Ihr selbst gehen?« fragte der Mann.

Der kleine König schüttelte mit einem verzagten Lächeln den Kopf. Das bedeutete: Nein.

»Holt eine Sänfte!« sagte der Fremde zu zweien seiner Diener. Jene gingen, ein dritter blieb noch bei ihm. Und er sprach weiter: »Von heute an werdet Ihr bei mir wohnen, bis man Euch gesund gepflegt hat.«

Der kleine König glaubte nicht recht zu hören. Er wollte dem Fremden danken, doch bevor er noch ein Wort über die Lippen bringen konnte, sagte der: »Dankt nicht mir! Und jene, der Ihr danken könntet, lebt nicht mehr. Es war meine Mutter.

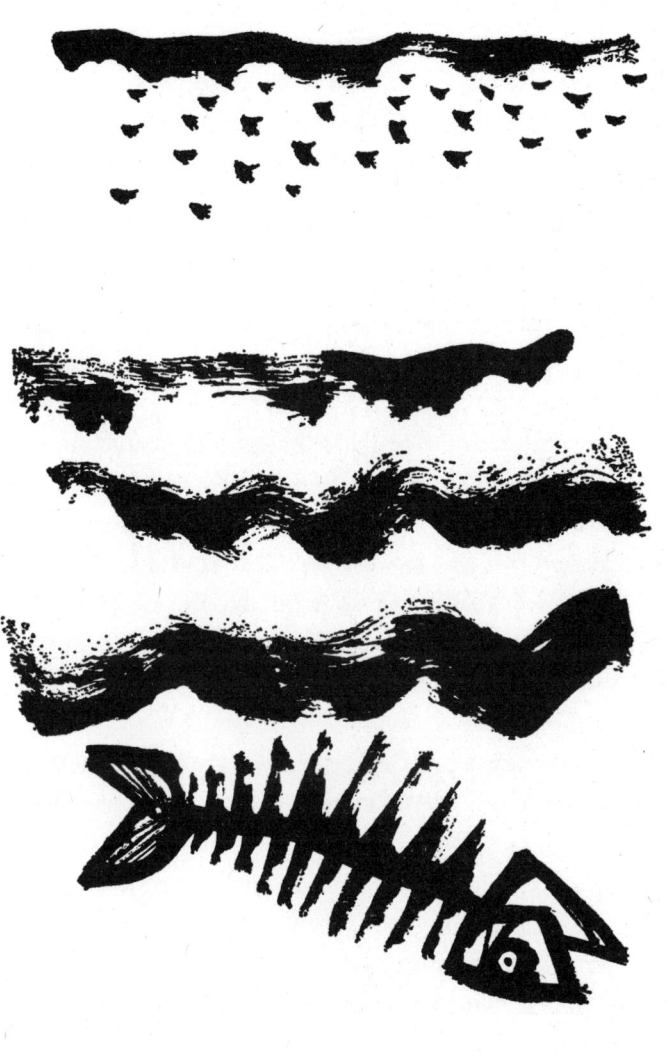

Sie hat mir bis an mein Lebensende zur Pflicht gemacht, alle, die von den Galeeren entlassen werden, bei mir aufzunehmen und pflegen zu lassen, bis sie wieder zu Kräften gekommen sind. – Immer habe ich diesen letzten Willen von ihr nicht gern erfüllt«, sagte er streng, »und so wird das wohl auch bleiben, denn es sind meist rechte Galgenvögel, die sie von den Galeeren hinauswerfen und die besser im Gefängnis daheim wären als in meinem gesitteten Hause, aber… Nun ja, meine Mutter meinte, sie habe einmal auch einen guten Menschen auf die Galeeren gehen sehen, und um seinetwillen hat sie mir das Versprechen abgenommen, das ich erfülle. Seid Ihr anders als Eure Vorgänger, so wird das ihr Gedächtnis ehren und mir ihre weichherzige Weiberlaune nicht mehr ganz so töricht erscheinen lassen wie früher.«

Der kleine König lag gegen den Prellstein gelehnt und schaute dem reichen Mann in die Augen. Er schwieg lange Zeit, die Erinnerungen an den Morgen vor beinahe dreißig Jahren überwältigten ihn, und er forschte in dem Gesicht des Mannes, der vor ihm stand, nach den Zügen des hilflosen Knaben von damals, der wie ein Schaf vor der

Schlachtbank gestanden hatte. Dann sagte er, beinahe flüsternd: »Soso, so also war Eure Mutter, Herr…? Ich habe…« Aber er sprach nicht weiter, er wollte sich nicht verraten. Ich habe es mir schon damals gedacht, ich habe es immer gewußt, dreißig dunkle Jahre lang habe ich das gewußt, hatte er sagen wollen. – »Ich will Eurer guten Mutter keine Schande bereiten«, sagte er schließlich, »Ihr seid gewiß der älteste ihrer Söhne…?« Der Fremde nickte. »Ja«, sagte er dann, »es ist nicht immer leicht, der älteste Sohn zu sein, das bringt so manche mißliche Pflicht mit sich…«

Der kleine König hätte darauf so manches zu sagen gewußt, aber zum Glück enthoben die beiden Diener, die mit einer einfachen Sänfte kamen, ihn der Versuchung, Antwort zu geben, und ächzend ließ er sich von ihnen aufladen.

Von jenem Tage an lebte der kleine König in einer abgelegenen Kammer im Hause des reichen Kaufmanns, der wider Willen den letzten Wunsch seiner Mutter erfüllte und auch nicht müde wurde, aller Welt zu versichern, er tue das sehr ungern, denn er glaube nicht daran, daß auch nur einer, der seiner Wohltaten teilhaftig werde, ihrer im geringsten wert sei, vielmehr gehörten sie alle von der Galeerenbank ins Gefängnis und von dort geradewegs auf den Schindanger. Er war ein harter Herr, der reiche Kaufmann, der sich aus kleinen Verhältnissen und einer durch die Schulden seines früh verstorbenen Vaters bedrängten Kindheit schwer hatte emporarbeiten müssen, aber sein Reichtum und Erfolg stopften jenen Leuten den Mund, die sagen wollten, sein eigener Vater sei auf einer Galeere geendet, und der Mutter hielt er das Wort, das er ihr einmal gegeben.

Alles das bekam der kleine König von den Dienstleuten zu erfahren, während er still wie ein Schatten in seiner abgelegenen Kammer hauste und ganz allmählich wieder zu Kräften kam. Er verweilte mit seinen Gedanken ganz in der Vergangenheit, und da die Frau, um deretwillen er sich einmal in Fesseln hatte legen lassen, nun tot war, besaß er nur noch den Stern und den großen König und fragte sich, wie es wohl mit dem gegangen sein könnte.

»Ihr seid die Ausnahme von der Regel gewesen«, sagte der reiche Kaufmann widerwillig anerkennend, als der kleine König zu ihm kam, um ihm zu danken und sich zu verabschieden – »wenn sich nicht noch hinterher herausstellt, daß Ihr nur etwas geschickter dabei zu Werke gegangen seid, ein Spitzbube zu sein, als Eure Vorgänger«, fügte er mißtrauisch hinzu. »Aber möge es einmal beim ersten bleiben«, sagte er dann, »ich wünschte es, um meiner Mutter willen.«

»Ich auch«, pflichtete der kleine König ihm bei. »Gesegnet sei ihr Andenken!«

Der Kaufmann blickte ihn etwas verdutzt an, solche Worte hatte er nicht erwartet, aber da hatte der kleine König sich schon abgewandt und ging. Er wollte seine Tränen nicht zeigen.

Er ging wieder auf die Landstraßen hinaus, auf denen er einst daheim gewesen, bevor die Galeerenbank sein Platz im Leben geworden war. Von früher her wußte er noch, wo sein Stern zum letzten Male geleuchtet und seinen langen, goldenen Schweif auf die Erde gestützt hatte. Wie aus alter Gewohnheit, die wieder erwacht war, ging er in dieser Richtung. Und mit der Wahl dieser Gewohnheit schien er auch nach dreißig Jahren das Rechte getroffen zu haben, denn er mußte sich wundern, wie voll von Leuten die Straßen waren. Entweder waren der Landstreicher soviel mehr geworden als früher, oder die Straßen gen Süden führten hier zu einem besonders lockenden Ziel.

Er hielt Umschau unter den Leuten und fand bald heraus, daß es keine Landstreicher waren, im Gegenteil: gutbürgerliche und kleinbürgerliche Leute, die bei dem schönen Frühlingswetter in ganzen Familien ausgezogen waren, einer großen Stadt im Süden entgegen, wo sie an einem Fest teilnehmen wollten. Natürlich schwemmte der Strom der Festteilnehmer auch so manche von der Zunft jener mit, die sich überall einstellen, wo Müßiggang und Festfreude im Schwange sind: Bettler und Bettlerinnen, Gaukler und Händler.

Der kleine König überholte bisweilen einen, der sich nur ächzend vorwärtsschleppte, um diesen großen Markt noch zu beschicken, welcher vielleicht der letzte seines Lebens sein, ihm aber bestimmt noch soviel Almosen einbringen würde, daß er davon bis zu seinem Ende ohne Hunger leben konnte. Ein anderes Mal überholten rüstigere Wanderer ihn und sahen mit der Schadenfreude von stärkeren Mitbewerbern auf ihn herab, der erst viel später als sie anfangen würde, vom Mitleid der Leute zu ernten. Einzig und allein die Gestalt einer alten Frau blieb tagelang in seinem Gesichtskreis vor ihm. Es mochte eine Bettlerin sein, keine Händlerin, denn wie er auch von weitem erkennen konnte, führte sie keine Habe bei sich, sondern schritt ohne Bürde an einem Stock so rasch aus, wie sie vermochte – ebenso rasch wie er selber, der kleine König, denn sonst hätte er sie nicht so lange sehen können, wie er's tat. Um die gleichen Zeiten und genauso lange wie er schien sie zu rasten, in den gleichen Orten zu nächtigen, um die gleiche Zeit wieder aufzubrechen wie er, die gleiche Kraft und die gleichen Gewohnheiten zu haben und vielleicht auch ein und dieselbe Müdigkeit. Als er sie auch am dritten Tage in gleich weitem Abstand vor sich sah, dünkte ihn das wunderlich: so, als ginge sein eigener Schatten ihm so weit voraus, und er machte sich viele Gedanken. Manchmal lockte es das letzte bißchen Neugier in ihm, sie einzuholen und sich zu vergewissern, welch eine Bewandtnis es mit ihr habe – wenn sie sich nun überhaupt einholen ließ und ihren Schritt nicht ebenso beschleunigte wie er. Dann wieder verzichtete er müde und wollte auch dieses Rätsel auf sich beruhen lassen. Vielleicht, dachte er, bilde ich mir das alles nur ein. Das meiste im Leben, was einen beschäftigt, ist nur ein Vorwand des Schicksals, die Liebe auch. Aber sicher ist sie der schönste von allen – für die grausamste Lehre.

Die große Stadt mußte am folgenden Tage schon sehr nahe sein, denn wo immer von Ost oder von Westen her eine Straße auf die seine einmündete, führte sie mehr und immer mehr Menschen herzu, die alle gen Süden weiterstrebten. Und je dichter das Gewimmel wurde, in dem er nun zum erstenmal die Bettlerin nicht mehr erkennen konnte, desto einsamer kam der kleine König sich vor. Er vermißte das Letzte, was ihm ein paar Tage lang vertraut geworden und jetzt schon wieder entschwunden war: die Bettlerin, ein nie geschautes Gesicht; ihm war, als hätte man ihm seinen Schatten genommen. Nun, dachte er, wollte er rasten und nachdenken, was er hier eigentlich sollte. Am Nachmittag gleißten von fernher die Kuppeln eines riesigen Tempels in einer auf vier Hügeln erbauten Stadt, und die mit ihm Wandernden brachte der Anblick dazu, in laute Rufe des Entzückens und der Lobpreisung auszubrechen und ihren Schritt zu beschleunigen, um noch vor Abend in den Mauern zu sein. Nur der kleine König ging langsamer. Er wollte nicht zum Abend in der Stadt einkehren – ja, wollte er es je

und überhaupt? Als er gegen Sonnenuntergang ein Wäldchen von Ölbäumen auf einem Hügel dicht vor den Toren erblickte, verließ er die große Straße und stieg mühselig keuchend auf einem schmalen Pfad hinauf. Hier unter den Bäumen oder in einer Gärtnerhütte hoffte er, die Nacht verbringen zu dürfen.

Der Ort heimelte ihn an und bedrückte ihn zugleich, je näher er kam. Reiche Leute schienen hier ihre Gärten und Pflanzungen zu haben, und keins der dichten, schattigen Gehege entbehrte der Pflege. Aber es war kein Mensch weit und breit. Einmal nur meinte der kleine König einen Schatten zwischen dem Gebüsch verschwinden zu sehen, aber als kein Zweiglein knackte und alles still blieb, verwies er sich's als Einbildung an einsamem Orte, wenn dieser Schatten nicht ein Landfahrender gewesen war, dem ebensowenig daran gelegen sein konnte, Menschen zu treffen, wie ihm.

Als er einen Brunnen fand, den tagsüber wohl ein Gärtner benützte, löschte er lange und ausgiebig seinen Durst. Dann blickte er sich um und horchte. Von fernher war der Schall vieler großer Trompeten zu hören, deren Ton die windstille

Abendluft sehr weit trug. Unter den Bäumen, um die Feuchte des Brunnens, stieg und sank nur das winzige Brausen eines Mückenschwarms, und weiterhin zwischen den Büschen sangen die Grillen. Er stand lange Zeit reglos, halb wie zum Verweilen und halb, als überlege er, ob er weiter müsse. Dann gab er seiner Müdigkeit nach und stieg einen schmalen Gartenweg zwischen weit überhängenden Felsen hinab. Unter dem Dach des Gesteins, gegen den Tau geschützt, wollte er die Nacht verbringen, die rasch hereinbrach. Doch die tiefe Nische, zu der er seinen Schritt lenkte, war ... schon bewohnt. Der König erschrak. Eine alte Frau saß dort. Sie schien von eh und je dort gesessen zu haben, sie saß so unbeweglich, als wäre sie aus Stein gehauen. Rasch wollte er zurück, aber sie hatte ihn schon erblickt, und er blieb. Und wenige Augenblicke später dünkte ihn lächerlich, daß er überhaupt ans Fliehen gedacht hatte, denn diese Alte war hier sicher so wenig ein geladener Gast wie er. Es war eine alte, von Wind und Wetter gegerbte Bettlerin, die das Gedränge der abendlichen Stadt gescheut und wohl beschlossen haben mochte, hier die Nacht zu verbringen.

Der König, ohne die Alte viel zu beachten, machte sich's häuslich, wie er es gewohnt war: er suchte sich einen flachen Fels, gegen den er den Rücken lehnen konnte, und legte sich die Rechte als Kissen in den Nacken. Dann guckte er zu den Sternen empor. Die Alte, die zwischen langen Zeiten des Schweigens, in denen sie schon eingenickt sein mochte, zur Redseligkeit zu neigen schien, begann ihn nach Bettlerart auszufragen: wo er seine besten Plätze habe, wie er's anfange, viel zu bekommen, ob er schon einmal Gebrechen geheuchelt habe, um das Mitleid zu spornen, und wenn ja, dann welche, und wo nach seiner Meinung die Obrigkeit am gefährlichsten sei und die Weichherzigkeit der Leute am ergiebigsten.

Auf das allermeiste wußte der kleine König gar keine Antwort. Er besaß nicht die Erfahrungen, über welche die Alte zu verfügen schien, und bald schlief er ein. Eigentlich war er zornig, als ihn die Stimme der Alten – er wußte nicht, wie bald – wieder weckte. Sie wollte wissen, woher er gekommen sei.

Der kleine König lauschte ihrer Frage nach. Die Nische, in welcher sie saßen, verlieh ihren Stimmen so absonderliche Stärke, daß es tönte, als hätten mindestens drei Kehlen ihre Kraft geliehen.

»Woher?« fragte er noch schlaftrunken. »Ach, von weither...« Dann nannte er die Stadt, in welcher man ihn von der Galeere geladen und im Hause des Kaufmanns aufgenommen hatte.

Die Alte schwieg. Er konnte sie jetzt nicht mehr sehen, denn die Nacht war zu tief.

»Und sie selber?« fragte der kleine König, aber sie gab keine Antwort. Dann sei er vielleicht gar nicht einmal einer von der Zunft? fragte sie eine geraume Weile später kichernd.

Welcher Zunft? wollte der König wissen. Nun, jener, welche den Menschen eine Gelegenheit zum Wohltun biete, wie das Gesetz es befehle.

Das dünkte den kleinen König eine seltsam hochfahrende Erklärung fürs Betteln. – Nein, meinte er nach einer Weile einsilbig, von jener Zunft sei er nicht. Aber halt! genau besehen doch, nur... Meistens, wenn er es recht bedenke, hätten die Leute gerade die Gelegenheit durch ihn nicht wahrnehmen wollen. Aber wahrscheinlich komme es den meisten Menschen im Leben so vor.

Die Alte kicherte in der Finsternis vor sich hin.

»Man muß ihnen auch etwas geben«, sagte sie mit greisenhaft brüchiger Stimme belehrend.

»Als Bettler? Den Leuten etwas geben?« fragte der König erstaunt.

»O ja«, sagte die Alte. »Keiner ist so arm, daß er nicht noch etwas zu geben hätte. Und nur wenn die Wohltäter das auch ein wenig spüren, tun sie wohl. – So sind die Menschen nun mal. Nur der Allmächtige schenkt auch in die leeren Hände und in einen tauben Sinn.«

Der kleine König war ganz wach geworden. »Was«, fragte er, »kann ein Bettler seinem Wohltäter zum Entgelt geben?«

»Ach«, meinte die Alte gleichmütig, »alles, was er besitzt.«

»Und warum bettelt er überhaupt, wenn er ›alles besitzt‹?« fragte der kleine König unwirsch.

»Daß er bettelt, beweist doch, daß er nichts besitzt!«

Von der Ecke der Alten her kam Schweigen. Schon glaubte der kleine König, gegen die kindische Alte recht behalten zu haben.

»Ach, daß du das nicht verstehst«, sagte die Alte dann, »und bist doch sicher nicht jünger als ich, so wie ich dich vorhin gesehen habe. –

Natürlich kann er ihm nicht das gleiche geben, aber etwas anderes, was der Geber vielleicht nötiger braucht als Geld. Einen Blick vielleicht, ein Wort – irgend etwas, was das Herz und den Sinn des anderen erhellt, sein Selbstvertrauen ein wenig belebt, oder was sein Gewissen beruhigt. Es gibt so vieles ...«

»Vieles!« wiederholte der kleine König und schüttelte in der Finsternis lächelnd den Kopf.

»Ich«, sagte die Stimme der Alten in der Finsternis, »habe einmal alles, was ich besaß, weggegeben, und ... Ach ja, da war ich noch jung!«

Der kleine König meinte, die Alte hätte sagen wollen, sie habe irgendwann einmal in der Jugend ihren Leib um ein Almosen weggegeben. Darüber mehr zu erfragen, widerstand ihm, da die Alte selbst verstummt war.

»Ich weiß, was du denkst«, sagte die körperlose und dabei doch so voll tönende Stimme in der Nähe, »du denkst, ich spräche davon, daß ich mich einmal um ein Almosen einem Mann verkauft hätte. Ach nein! Männer habe ich gehabt, und Kinder habe ich gehabt, aber nicht um Geld oder aus Gefälligkeit. Davon rede ich nicht. Torheit ist Torheit, und Sünde ist Sünde, und

die Liebe ist ein Vorwand für beides. Nein, ich habe viel mehr verschenkt, aber du kannst mir glauben, daß ich heute noch wiedergeschenkt bekomme.«

»Was hast du verschenkt?« fragte der König, »und wie bekommst du heute noch wiedergeschenkt?«

Es blieb lange still in der Nische. Der König blickte gespannt ins Dunkel hinein, in jene Richtung, wo er die Alte vermutete.

»Ich habe vor beinahe dreißig Jahren einmal mein Herz verschenkt«, sagte die Stimme der Alten, und mit einemmal war in dieser Stimme mehr Klang als früher. »Einem Manne, der barmherzig und gut zu mir war, sehr gut und voller Barmherzigkeit. Damals war ich jung und töricht und in großer Not. Ich habe ihm damals gesagt, daß ich's täte, aber ob er es geglaubt hat, weiß ich nicht. Wer glaubt schon einer jungen Bettlerin! Nein, ich habe nicht einmal gewußt, ob er's annehmen wollte. Aber ich habe es ihm geschenkt, obschon er gleich davonritt, und habe es seitdem nie wieder zurückgenommen, nicht im Versehen, wie es die Sünde sein kann, und nicht im Vorsatz. Und seitdem ... Seitdem bin ich sehr glücklich in dem

Gefühl, daß es ein sehr guter und barmherziger Mensch war, der mein Herz besitzt, und Tag für Tag genieße ich von diesem Glück und habe ihm dreißig Jahre lang mit Jubel im Herzen meine Treue hinzugeschenkt. So also ... Nichts geht verloren«, sagte die Bettlerin leise, und weil sie wohl sehr müde geworden war, hörte der kleine König sie gähnen.

»Nein«, pflichtete er ihr bei, »da hast du recht, nichts geht verloren! Nur weiß niemand, wo es bleibt – wie nahe von ihm vielleicht schon, und wie bald oder wie spät.«

Er war froh, daß sie das unwidersprochen ließ und daß es still blieb, denn so gelang es ihm leichter, die Gedanken zurückzuschicken in die kleine Scheuer, in der er sie zum ersten Male gefunden, als sie ihr Kind zur Welt gebracht und er ihr die Windeln von einer Rolle des heimatlichen Linnens geschenkt hatte. Vor beinahe dreißig Jahren! Nun war sie eine alte Frau, und er war ein alter Mann, und weite Wege war jeder von ihnen gegangen, aber am Ende waren sie die gleiche Straße zu dem gleichen Ort gezogen, ohne voneinander zu wissen. Er war sicher, daß sie es war, die er tagelang wie seinen eigenen Schatten

gesehen hatte. Und was er immer verloren gemeint, hatte er behalten, ja mehr: dreißig Jahre
lang hatte er etwas besessen, woran er gar nicht
geglaubt: das Königreich des Herzens, das sie ihm
damals im Stall gelobt… So war er also immer
noch König, wie unwürdig der Vasallenschaft
unter dem größten König aller Zeiten und Zonen
und der Krone in Rußland er sich auch immer ge-
wähnt!

Der kleine König blickte mit Tränen in den
Augen zu den Sternen hinauf. Sein Herz war bei
der Alten. Er war sicher: sie hatte ihn nicht wiedererkannt, so wenig er sie erkannt hätte, wenn
sie sich ihm nicht zu erkennen gegeben hätte.
Mit Jubel im Herzen schenkte sie ihm Tag für Tag
ihre Treue … fiel ihm aus ihrer Erzählung ein.
War er dann nicht doch unsäglich reich, auch
ohne Krone und Land? Seine Gedanken verloren
sich zwischen den milchigen Schleiern in der
Himmelskuppel, ja, vielleicht schlief er in seiner Schwäche zwischendurch wieder einmal ein.
Dann aber schreckte er bei einem verworrenen
Lärm in der Nähe zusammen, bei dem – er spürte
das mehr, als daß er's hätte hören können – auch
die Alte erwacht war. Der Lärm schlug in ihre

Nische wie in eine jeden Schall vervielfältigende Muschel.

»Ach! diese großen Städte«, hörte er die Alte ärgerlich murmeln. »Immer dieser Lärm! Was haben sie denn jetzt auch noch nachts zu toben!« Der kleine König saß gespannt da, jeden Augenblick bereit, sich durch die Büsche davonzumachen, aber der Lärm schien sie und ihren Garten nichts anzugehen. Er hörte aufgeregte Stimmen und Waffenklirren. Was das Ganze zu bedeuten hatte, ahnte er nicht. Vielleicht hatten die Scharwachen in der Nachbarschaft jemand zu suchen gehabt. Er war froh, daß es nicht hier, in ihrem Garten, gewesen war, und als Unbeteiligter genoß er die Ruhe, die allmählich wieder einkehrte. Daß er das Laub hören konnte, wenn es in einem Windhauch flüsterte; Tautropfen, wenn sie von irgendwo, wo sie sich gesammelt hatten, niederperlten; die winzigen Geräusche, welche die Stille der Nacht noch tiefer machten und über denen er noch einmal einschlief.

Als der Tag heraufdämmerte und er wieder erwachte, war er allein. Die Alte hatte ihn irgendwann einmal verlassen, als er noch geschlafen hatte, und er hatte nicht einmal gehört, wie sie aufbrach. Er hatte so fest geschlafen, als hätte er, wie einst in der Jugend, von Kwaß und Gurken geträumt, oder vielleicht hatte er ihren Schritt für eins der leisen Geräusche der Nacht gehalten. Nun war sie fort, er vermißte ihre Gesellschaft, und nun, meinte er, würde er sie wohl auch nicht mehr wiedersehen. Sicher saßen zuviel Bettlerinnen in den Straßen der großen Stadt, als daß die Suche nach der einen unter den vielen sich lohnte. Und warum sollte er sie auch wiedersehen? Er wußte ja alles und empfing auch heute das Geschenk ihrer Treue ›mit Jubel in ihrem Herzen‹ …

Sein eigenes krankes Herz fühlte, daß es ein heißer, schwüler Tag werden würde. Schon bedrückte die feuchtwarme Luft unter dem Blätterdach und den Felsen des Gartens seine eingefallene Brust, und sein Atem ging schwer. Über der Stadt gegenüber dem Garten waberte der Dunst um Kuppeln und Dächer und ließ deren Umrisse zittern. Den kleinen König schwindelte, als sein Blick keinen Halt fand. Der Entschluß aufzubrechen fiel ihm so schwer, daß er beschloß, so lange wie möglich hier oben zu bleiben.

Es ging schon gegen Mittag, als er langsam den

Hügel hinabstieg und auf einem Pfad zu der großen Straße strebte, auf der er am Vortage gekommen war und die zu einem der Stadttore führte. Das Gedränge hier unten war heute womöglich noch ärger als gestern, denn mit der Sonnenuntergangsstunde des Tages brach das hohe Fest herein, das allen Gläubigen zu Anfang Ruhe und Stille gebot. Die letzten, verspäteten Karawanen, von den Treibern zur Eile gepeitscht, schwankten den Toren entgegen, blökende Schafe, welche im Tempel geopfert werden sollten, trippelten einem wandernden wollenen Teppich gleich dahin, so dicht war Leib an Leib gepreßt, und wo kein Tier mehr Platz hatte, wanderte ein Mensch. Den kleinen König, als er erst einmal auf die Straße getreten war, mahlte, preßte und sog es zugleich hinter die Mauer, ohne daß er noch selbst hätte den Schritt bemessen können, und unter den Quadern des Tores wäre er beinahe umgesunken und von den nach ihm Schreitenden sicher zertreten worden, wenn er sich nicht im letzten Augenblick noch am Schwanz eines Esels hätte festhalten können. Dabei fiel ihm Wanjka ein, der tote Freund, der ihn so sicher getragen hatte. Dann aber, kaum hinter dem Tor, konnte er an nichts Gewesenes und Vergangenes mehr denken. Sein alter, müder Kopf faßte das Gegenwärtige kaum, die Augen gingen ihm über von allem, was er an Merkwürdigem sah, und seine Ohren faßten die verwirrende Vielfalt des Lärmens nur, wo er einzelnes von den Scharen Volks fortwährend wiederholt hören konnte. Das Geschrei der Menge galt einem König, nur begriff der kleine König aus Rußland noch nicht, was es mit diesem König auf sich hatte, und ob die Menge, welche durch die Gassen und Straßen irgendwohin drängte, vielleicht unterwegs war, diesem König zu huldigen, oder ob sie sich wider ihn zum Aufruhr erhob. Eine Weile ließ er sich von dem zum Strom angeschwollenen Fluß der Müßiggänger mitreißen und hastete mit allen anderen stadteinwärts; dann fühlte er, daß seine Kräfte versagten, und trat, als sich Gelegenheit bot, rasch in einen schützenden Torweg. Er mußte sich an die Mauer lehnen und die Augen schließen, dermaßen schwach hatte er sich in seinem ganzen Leben noch nicht gefühlt. Die Jagd der Menge, die Gassen hinauf, hörte er nur als verworrenen Lärm. Sehen mochte er sie nicht, denn sie schien ihm mehr und mehr voller Bosheit. Wahrscheinlich, dachte er, ist es Aufruhr, obwohl sich ja Freude und Haß in dem Gebaren einer Menge so unheimlich ähnlich sahen ... Aber was für ein König war das?

Der Atem stockte ihm, als dieser Gedanke ihn überfiel, und er meinte, sein Herz hörte auf zu schlagen, so daß der Taumel für seine Sinne noch verwirrender wurde.

»Sie haben den Größten, und sie wollen ihn zum Geringsten machen«, hörte er mit einemmal eine bekannte Stimme sagen, aber als er die Augen auftat, mußte er in seiner Verwirrung lange nach dem Menschen suchen, der diese Worte gesprochen hatte, bis er – beinahe zu seinen Füßen – im Schutz des Torwegs, in den sie selber sich auch geflüchtet hatte, die alte Bettlerin gewahrte.

Er starrte sie an und mußte etlichemal von neuem ansetzen, bis er die wenigen Worte über die Lippen bekam: »Was sagst du? Und von wem sprichst du?«

Sie blickte ihn, wie er meinte, mit einem spöttischen Lächeln an. »Weißt du das nicht, und bist auf allen Straßen in Samaria und Galiläa unterwegs?«

Er schüttelte stumm den Kopf.

Sein Herz pochte ihm zum Zerspringen. »Sie haben einen König, von dem die heiligen Schriften und die Propheten sagen, daß er der Sohn Gottes selber ist; er hat Kranke geheilt und Tote auferweckt; aber jetzt fordern sie von den Heiden, daß er ans Kreuz geschlagen werde.«

»Woher... Woher weißt du das?« fragte der kleine König. Schon war er ein paar Schritte aus dem Torweg hervorgetreten.

Die Alte blickte ihn mit nachsichtiger Geringschätzung an. »Man bekommt nicht nur Almosen«, sagte sie, »man bekommt auch etwas zu wissen.«

Der kleine König war wie von Sinnen. Ein König, von dem die heiligen Schriften und die Propheten verkündet hatten, daß er Gottes Sohn sei, und er... »Sag, wie alt ist dieser König«, forschte er die Alte in herrischem Ton aus.

»Der?« erwiderte sie gleichmütig. »Man sagt, er sei um die Dreißig herum.«

»Dreißig? Dreißig, sagst du?« fragte der kleine König keuchend.

Die Alte nickte, aber ihr Kopf bewegte sich vor den Augen des kleinen Königs immer langsamer und langsamer, wie der Pendel einer Uhr, die bald stillstehen würde, und er wußte nicht, ob es an ihr lag, oder ob seine Augen ihn trogen.

»Dreißig, dreißig«, murmelte er, als wäre darin das größte Rätsel der Welt und seines Lebens verborgen. »Dreißig«, sagte er lauter, hob den Kopf und blickte die Alte an, »das ... das war doch damals, als ...« Er vergaß sich völlig und vollendete: »als du in der Scheuer dein Kind bekamst und ich dir die Windeln von meinem Linnen gab?«

Die Alte starrte ihn mit weiten Augen und halboffenem, zahnlosem Munde an, ihre alten kralligen Hände hatten angefangen zu zittern. Fürs erste brachte sie kein Wort über die Lippen, aber es war ganz deutlich: sie hatte ihn erkannt!

»Ich nehme dein Herz mit, ich nehme dein Herz mit, ganz und für immer!« stammelte der kleine König und hastete mit den Nachzüglern der Menge stadteinwärts davon. Ein einziges Mal noch blickte er sich um. Da sah er die Alte reglos vor dem Torweg kauern, den Kopf gebeugt, die Hände auf die Fliesen des Pflasters gestützt, und ihm war, als kauerte sie da wie versteinert und sänne unaufhörlich über ihr Geschick nach. Als sie vornüber sank und mit ihrer Stirn kraftlos gelähmt auf die Steine schlug, sah er das nicht mehr. Gerade in diesem Augenblick hatte er sich wieder umgedreht, mit allen seinen Gedanken bei dem größten König.

… Die Gasse hinauf, über Straßen und Plätze, und überall, wie er fühlte, zu spät, zu spät. Noch war überall die große Erregung zu merken, aber etwas Außerordentliches, das sich zugetragen hatte, war doch nicht mehr anwesend. Es war vorbeigezogen – aber wohin? Der kleine König kannte die Stadt nicht; das Gewimmel, das allenthalben herrschte, verwirrte ihn und täuschte trügerisch Richtungen vor, die für ihn vielleicht ganz gleichgültig waren.

»Den König …? Wohin? wohin?« fragte er schließlich den Nächstbesten keuchend, er hatte wissen wollen, wohin man den König geführt, und der Fremde wies ihm, stutzig geworden durch diesen Verstörten, eine Richtung an, in der viele gingen. In dieser Richtung stapfte der kleine König weiter. Und je länger er wieder stadtauswärts ging, wie es ihm schien, desto deutlicher merkte er, daß er auf der Spur des richtigen Geschehens war, auf der Spur dessen, den er gesucht hatte und immer weiter suchte. Denn wie eine Brandung den Wasserschaum zurückläßt, standen noch Menschen

da und säumten die Straßen, die erst vor kurzem etwas Ungewöhnliches gesehen hatten. Der kleine König hob kaum den Kopf. Er brauchte keinerlei Auskunft mehr, er war sicher: er war auf der Spur, und alles, was jetzt nottat, war nur Eile. Einmal sah er weinende Frauen, die in ein Haus flüchteten, ein andermal grau verstörte Männer, aber er hielt sich nicht auf. Mit dem Strom und, wenn's nottat, auch gegen den Strom der verwunderten Gaffer und Müßiggänger hastete er weiter. Der König …! der größte! Heilige Schriften und Propheten hatten ihn angekündigt! dachte er verwirrt, und jetzt erhob sich sein Volk wider ihn! Gegen den König, dessen Kommen der Stern angekündigt hatte und dem zu huldigen jene drei damals vor dreißig Jahren und er selber aus dem fernen Rußland ausgezogen waren! Wie war das möglich? Wie … war … das möglich?

Nein, zu begreifen war gar nichts mehr. Denn als die Häuser zurückgewichen waren und freies Feld sich auftat, sanft ansteigend zu einem Hügel und je weiter, desto mehr von Menschen geleert, die alle auf der untersten Straße stehengeblieben waren und von dort aus gafften, da war dem kleinen König nur gewiß, daß er hier zu Füßen des

Schindangers der großen Stadt stand, und daß oben – dort oben, wo eine Handvoll Knechte eben drei große Kreuze aufrichtete, an denen drei zum Tode verurteilte Menschen hingen – daß dort oben und nirgends sonst auf der Welt … sein König war.

Es konnte so aussehen, als bedächte er sich, ob er weitergehen sollte oder nicht. In Wirklichkeit hatten seine Schwäche und die Erkenntnis, was hier geschah, ihn für ein paar Augenblicke überwältigt. Er stutzte, er schwankte – aber dann schritt er gebeugt und keuchend den Abhang hinauf. Wie seine Füße ihn noch trugen, wußte er nicht. Dies … dies waren die letzten Schritte, das fühlte er, und vor dreißig Jahren hatte er die ersten gemacht. Alle zum gleichen Ziel. Kam er zu spät? Kam er auch jetzt wieder zu spät?

Der vierte König, der kleine aus Rußland, hob aufwärtssteigend den Kopf und blickte zu den drei Kreuzen hin, an denen der Schächer inmitten schon von weither seinen Blick auf sich zog. Er achtete es nicht, daß er über moderndes Gebein stolperte und daß einer seiner Füße sich in dem beinahe kalkweiß gebleichten Gerippe eines Toten wie in einer gespannten Falle verfing. Schweiß strömte über seine Stirn und rann ihm den Hals hinab, er wischte ihn nicht fort. Mit einemmal aber blieb er stehen, und seine Rechte griff rasch zur Brust nach dem Herzen hin, das einen grausamen Stich empfangen zu haben schien. Sein Gesicht war grau geworden, so heiß die Sonne auch brannte, und seine Lippen schimmerten bläulich wie die Ackerbeeren an den Rainen, bei denen er sich auf seiner Wanderschaft so manches Mal ohne Entgelt verköstigt. Dann, ob auch etwas langsamer, schritt er weiter. Schritt um Schritt, langsamer und immer langsamer. Er hielt den Kopf jetzt aufgehoben, daß sein Blick das Kreuz in der Mitte nicht mehr verlieren konnte. Und je häufiger er, langsam näherkommend, stehenblieb, desto deutlicher und inniger sah er den Herrn, seinen gekrönten Herrn, seinen König, den größten aller Zeiten und Zonen, dem als Kind zu huldigen er vor mehr als dreißig Jahren aus Rußland ausgezogen war. Er wußte, daß Er es war, der da in der Mitte hing. Er wußte das – aber woher, das wußte er schon nicht mehr. Der Herr hatte ihn nur einmal anzuschauen brauchen in seinem Schmerz, da hatte er es für alle Zeit gewußt. Ihn anzuschauen und von Ihm angeschaut zu werden aber – das war zuviel für des kleinen Königs Herz. Einen Augenblick empfand er die beseligende vollkommene Stille, in welcher der Schlag seines Herzens aussetzte – das war der Augenblick, da er lautlos vornüber zusammensank –, dann fühlte er einen stechenden Schmerz, den ein eiserner Rechen ihm bereitete, welcher seine ganze Brust zusammenzog.

Ich habe nichts, ich habe nichts mehr von allem, was ich dir hatte mitbringen wollen, dachte der kleine König beschämt und gequält. Das Gold, die Steine, das Linnen, die Pelzchen und selbst der Honig, den die Mutter mir in das Krüglein gefüllt – alles ist hin und vertan. Verzeih, Herr! Rußland aber… Doch da, als es schon vor seinem Blick dunkelte, fiel ihm das Herz der Bettlerin ein, das sie ihm als Königreich geschenkt hatte, und er dachte an sein eigenes Herz: das einzige, was er noch zu verschenken hatte. Und in das Polster eines wilden Thymians hinein, das sich zwischen moderndem Gebein ausbreitete und seinen Duft in den nahen Abend verströmte, flüsterten seine Lippen, ohne daß er es da noch wußte: »Aber mein Herz, Herr, mein Herz … und ihr Herz … Unsere Herzen, nimmst du sie an?«

Das Christkind
aus den grossen Wäldern

Mit Zeichnungen von Regine Tarara

FÜR ERNST UHLMANN,
DEN LIEBEN FREUND UND
BEHERZTEN SOLDATEN

Eine Fernpatrouille der dritten finnischen Jägerbrigade unter dem Befehl des Leutnants Heiskanen, die in den Vorweihnachtstagen des Jahres 1941 den Auftrag erhielt, aus den Wäldern um Kuolemaajärvi vorzustoßen und aufzuklären, ob der Feind sich in den gleich Inseln im Wäldermeer Ostkareliens verstreuten Einöddörfern festgesetzt und dort Anstalten zur Verteidigung getroffen habe, hatte auf diesem einsamen Erkundungsgang, bei dem die Teilnehmer durch die dünn besetzte russische Front stießen und mehr als fünf Tage lang ohne jedwede Verbindung mit ihrer Truppe waren, ein Erlebnis, das, als das Fest der Heiligen Drei Könige vorüber und schon ein eiskalter Januar angebrochen war, an diesem Frontabschnitt immer noch von Mann zu Mann besprochen wurde.

Die sieben Teilnehmer an der Patrouille hatten sich am dritten Tage nach dem Aufbruch, auf Schneeschuhen abseits der Straße, auf welcher der Vormarsch gegen Osten bis eben vor sich gegangen war, bis in das tief verschneite Gebiet um die Seenenge von Munasoo vorgearbeitet und hatten bislang keinerlei Anstalten des Feindes zu mehr als nur schwach hinhaltender Verteidigung feststellen können. Die Verwüstungen im Walde durch Baumsperren über der Straße hatte frisch gefallener Neuschnee verhüllt, und die von der Straße in die Gräben hinabgefahrenen, mit verschneitem Reisig getarnten Panzer machten auch bei längerer Beobachtung den Eindruck, sie seien ohne Bemannung und eher bei Mißgeschicken der Rückzugskolonnen im Graben geendet, als vorsätzlich zur Deckung des Rückzugs und zur Verteidigung aufgefahren. In keinem der einsamen Gehöfte hatte die Patrouille Menschen feststellen können, allerdings auch nicht gewagt, den Augenschein näher als durchs Fernglas vorzunehmen und sich – trotz tarnendem Schneehemd – von der Flanke her auf weniger als fünf-, sechshundert Meter anzuschleichen. In der ungeheuerlichen Stille, die den fortwährend gespannten Ohren der sieben Männer allmählich zu tönen begann und in der schon das leise Geräusch der Erleichterung, mit dem ein Zweig unter der abgleitenden Schneelast emporschnellte, wie das Getöse einer Lawine anmutete, hatte die Patrouille kurz vor Einbruch der Nacht das erste größere Dorf, Kangasjärvi, erreicht. Auch hier verharrte die Patrouille geraume Zeit im Schutz der Bäume und unterzog die Waldlichtung mit dem darinliegenden Dorf, dessen graue Häuser im eindunkelnden Abend wie eine kleine Herde aussahen, die sich zur Rast niedergelegt hatte, einer argwöhnischen Beobachtung. Doch auch hier ver-

ging die Zeit, ohne daß der Argwohn, das Dorf könne oder müsse besetzt sein, auch nur die geringste Nahrung erhalten hätte. Immerhin vertrat Leutnant Heiskanen so lange die Ansicht, hinter dieser völligen Stille und Ausgestoßenheit verberge sich eine Finte des Gegners, die man nur deshalb so schwer durchschauen könne, weil die Russen statt rechtsherum linksherum dächten, daß es schon dichte Dämmerung war, als die Patrouille sich den Häusern mit der Absicht näherte, im Dorfe selbst aufzuklären und womöglich einmal die Nacht nicht unter freiem Himmel zu verbringen.

Weit auseinandergezogen, in äußerst vorsichtigem, zögerndem Anmarsch erreichten die Männer schließlich den Ausgang des Dorfes von hinten her und sammelten sich bei einer Bodenwelle mit einer kleinen Scheune, die vor Einsicht vom Dorfe her geschützt lag. Die Straße, die sie dabei zu überqueren gehabt hatten, war allen sieben das schwerste Stück gewesen, denn zu der Möglichkeit, daß sie vermint sein konnte, war die Gefahr gekommen, hier am ehesten entdeckt zu werden. Indessen gelang der unbemerkte Anmarsch vollkommen, und die sieben fanden sich im Schutze der Scheunenwand unbeschadet zusammen.

Eine lange, zögernde, weiche Winterdämmerung, in der schon ein paar Sterne aufglommen, vereinigte Himmel und Erde für eine Weile, ehe das strenge Dunkel hereinbrach. Die anhaltende Stille aber war, nachdem die Spannung gewichen war, so erregend, daß die sieben trotz der Gefahr nicht ohne Befriedigung laute Anzeichen von der Nähe des Feindes hingenommen hätten. Heiskanen schlug vor, die Häuser näher in Augenschein zu nehmen, die Dämmerung begünstige das Anschleichen in lockeren Gruppen von je zweien oder dreien, man müsse sich nur vor Minierungen in der Nähe der Häuser und in den Häusern selbst hüten. Daß ein Dorf in so beträchtlicher Entfernung von der Frontlinie jetzt schon völlig geräumt und statt der Zivilbevölkerung nicht einmal von Truppen belegt war, erschien allen unbegreiflich. Der Gegner mußte erwartet haben, daß der Vormarsch der Jägerbrigaden nicht zum Stillstand kommen würde, und hatte wohl diese Dörfer übereilig geräumt, ohne von den mannigfaltigen Möglichkeiten, sie zur Verteidigung zu benutzen, Gebrauch zu machen. Vielleicht aber verbargen sich auch ganz andere Absichten dahinter, auf die nur sie, die rechtsherum dachten, nicht verfielen. Mißlich genug, war so viel Neuschnee gefallen, daß sie aus Straßenspuren auch nicht im geringsten mutmaßen konnten, wann dieses Dorf geräumt worden war.

Der Abendstern funkelte schon in einem tieferen Blau, als die sieben die Kapuzen fest ums Gesicht schlossen, die Maschinenpistolen vor die Brust schoben und in kleinen Gruppen aufbrachen. Der Korporal Jänttinen machte sich, wie immer, mit seinem Freunde Sanavuori auf, der aus demselben Städtchen wie er in der Landschaft Häme stammte. Nach kurzer Zeit, in der auch nicht das geringste Geräusch die noch Zurückgebliebenen davor gewarnt hatte, den Vorausgegangenen zu folgen, lag der Rastplatz hinter der Scheune leer. Alle sieben waren im Dorf, und der Zufall fügte es gleich zu Anfang so, daß sich der Gruppe Jänttinen und Sanavuori auch der Feldwebel Suukselainen anschloß, der eigentlich zur Gruppe Heiskanen gehörte. Spätestens nach Einbruch völliger Dunkelheit sollte man sich wieder bei der Scheune treffen. Heiskanen wollte nämlich statt eines Hauses im Dorfe die Scheune ein besseres Nachtquartier dünken, denn das Gelände in ihrer Umgebung begünstigte einen Rückzug unter Beschuß, falls man doch mit dem Feinde in Fühlung geraten sollte.

110

Bei der Erkundung im Dorfe bekamen die einzelnen Gruppen einander bisweilen zu Gesicht, freilich nur schemenhaft und für wenige Augenblicke; doch war das Erstaunen maßlos, als beim Sammeln später der Korporal Jänttinen in Gesellschaft von Sanavuori und Suukselainen mit einem unförmigen Bündel erschien, das er sich um den Hals geknüpft hatte und das – keiner wollte das so recht glauben und meinte, er müsse sich im Nachtdunkel getäuscht haben – ein lebendiges Kind enthielt!

Wie, um des Himmels willen, waren Jänttinen, Sa-

navuori und Suukselainen in diesem auch bei genauem Zusehen völlig ausgestorbenen, allerwege vom Tod der Verminung umlauerten Dorf zu einem Kind, einem lebendigen Kind gekommen? Jänttinen, ein sehr großer, grobknochiger Mann, im Zivilberuf Maschinenschlosser, saß mit dem Bündel auf den Knien und der Maschinenpistole darüber verlegen da und lächelte. Er ließ Sanavuori erzählen, was sich zugetragen hatte. Ohne Sanavuori, meinte er einsilbig, wären sie auch alle drei nicht zurückgekommen. Die Erzählung Sanavuoris nun ließ den andern so heiß werden, daß sie die Kapuzen losknöpften und atemlos lauschten.

Bei der Erkundung in etlichen Häusern am Eingang des Dorfes, zu denen, wie sie bemerkt, keine der andern beiden Gruppen hingegangen sei, hätten sie aus einiger Entfernung etwas gehört, was sie zunächst für das Jammern einer Katze gehalten, dann aber als das Schreien eines Kindes erkannt hätten. Daß sie's überhaupt gehört, hätten sie nur dem eigentümlichen Umstand zu verdanken gehabt, daß die Tür eines Hauses weit offen gestanden hätte, die der Kammern zu beiden Seiten der Vorstube aber geschlossen gewesen wären. Geraume Zeit hätten sie abwartend vor dem Hause verbracht, bis ihnen zur Gewißheit geworden sei, daß tatsächlich in einer der Kammern ein Kind schrie. Und alle Vorsichtsmaßnahmen zu beschreiben, unter denen sie sich schließlich Eintritt in das Haus verschafft hätten, reiche die Zeit einfach nicht aus. Sanavuori erwähnte nur, daß er auf Suukselainens Rat den Hackklotz, der vor dem Hause gestanden, mit einer Stange tiefer und tiefer in den Hausflur geschoben hätte, um sicherzugehen, daß nicht der Fußboden vermint sei. Bei dem Gerumpel in seiner Nähe aber habe das Kind nur noch lauter zu schreien begonnen. Sie hätten es heiß bekommen in dieser absonderlichen Lage. Als sie zu guter Letzt sich bis ins Haus selber vorgewagt – Suukselainen habe die Wache am Eingang übernommen –, hätten sie dort die ganze Ärmlichkeit in wilder Unordnung, wie nach einem überstürzten Aufbruch der einstigen Bewohner, vorgefunden. Im Lichtkegel der Taschenlampe aber habe sich auch ein kleines Bett gezeigt, in welchem das Kind gelegen und laut geschrien habe. Das Haus sei völlig ausgekühlt gewesen, und nur viele Decken, unter die man den Kleinen gebettet, hätten ihn wohl vor dem Erfrieren bewahrt. Sie hätten diesen einzigen Bewohner des Dorfes zunächst einmal fassungslos angestarrt.

113

Dann habe Jänttinen ihn aufnehmen wollen und in die Decke gegriffen ...

Im selben Augenblick aber – er wisse nicht, wie er das erklären solle –, sei er, Sanavuori, hinzugestürzt und habe Jänttinen daran gehindert. Jänttinen habe nicht begriffen, warum, und ihm wehren wollen. Der Knabe, still geworden, habe ihnen derweil nur zugeschaut, mit weit offenen Augen. Sie hätten die Decken vorsichtig abgehoben. Und da hätten sie bemerkt, daß das Kind in seinem Bett festgebunden war ... »Festgebunden?« wiederholten etliche ungläubig.

... Und Jänttinen habe schon die Stricke lösen wollen, da sei er ihm abermals in den Arm gefallen, und dabei sei ihm die Taschenlampe entglitten, und sie hätten ein paar Augenblicke im Dunkeln dagestanden, und ihm habe das Herz bis in den Hals hinauf geklopft – vor Angst, Jänttinen könne im Dunkeln nach dem Kinde greifen. Achtung, Mine! habe er sagen wollen, aber diese beiden Worte einfach nicht herausgebracht und, auf den Knien, mit aller Angst im Leibe nur immer weiter im Dunkeln nach der Laterne getastet, die auf dem Fußboden liegen mußte. Als er sie gefunden habe, sei sie halb unter dem Bett gelegen, neben den

Sprengsätzen, die er als etwas Kaltes nur mit den Fingerspitzen berührt habe, unter dem Bett, unter dem Kinde, das also auf Tod und Verderben festgebunden lag und mit jedem, der sich seiner erbarmen wollte, in die Luft fliegen mußte. Die Stricke, mit denen man es gefesselt, standen in Verbindung mit der Zündung. Zog man an ihnen, dann zog man auch die Zündung ab ... Er könne gar nicht sagen, wie ihm in diesem Augenblicke zumute gewesen sei. Als es wieder hell geworden sei, habe er Jänttinen an den Knoten nesteln sehen, das habe er wohl schon im Dunkeln getrieben ...

Jänttinen nickte.

... und habe nur noch stammeln können: Mine! Da habe Jänttinen die Knoten in Ruhe gelassen und ihn angestarrt. Er sei so erleichtert gewesen, daß er nichts mehr gesagt und ihn stumm beim Arm genommen habe. Wahrscheinlich habe er weg wollen, weg von dem Kinde, weg aus dem Haus – überhaupt weg von dieser teuflischen Falle. Jänttinen aber habe nicht weg wollen. Da sei er niedergekniet, habe ihm gewinkt, das gleiche zu tun, und habe ihm die Sprengsätze unter dem Bettchen gezeigt. Jänttinen habe nur lächelnd genickt. Als sie aufgestanden seien, habe er einen Augenblick vor dem Bett gestanden. Das Kind, das wohl etwas zu essen erwartet hatte und enttäuscht worden war, habe abermals angefangen zu wimmern. Und dann – das sei alles so schnell gegangen, daß er nicht habe begreifen können –, dann habe er mit einemmal gesehen, wie Jänttinen seine Laterne vom Riemen genommen, sie angeknipst, die Schlaufe mit den Zähnen gepackt und sein Messer gezogen habe. Er habe nicht gewußt, was er eigentlich vorhabe. Jänttinen habe das Kind betrachtet, als wolle er's schlachten – ja, genau so habe er ausgesehen, so finster und grimmig –, und dann habe er die Stricke vorsichtig durchgeschnitten, in der Rechten das Messer, mit der Linken zwischen das Kind und seine Fesseln greifend, so daß die gespannten Stricke sich nicht plötzlich unter dem Messerschnitt lockerten. Als er das Kind vorsichtig umgekehrt habe, um nachzusehen, ob es auch mit seinen Kleidern irgendwo festgebunden sei, hätten seine Hände gezittert, das habe er, Sanavuori, genau sehen können. Dann aber habe er den Knaben, der ein einziges feuchtes Paket gewesen sei, aus dem Bett gehoben und in die Decken gewickelt, die trocken gewesen seien. Und da seien sie nun, mit einem Kind als Beute ...

Die anderen sechs betrachteten Jänttinen, der mit dem Bündel und der Maschinenpistole auf den Knien dasaß und verlegen lächelnd den Blick erwiderte.

»Was soll man machen?« murmelte er und zuckte die Achseln, als könne man eine so unverhoffte Gabe, wie hinderlich sie auch sei, nicht ausschlagen.

Die andern fragten, ob es ein Knabe sei.

Er nickte und sagte gutmütig mißbilligend, der Bursche müsse ein wahrer Brunnen gewesen sein, obschon er doch nichts zu essen und zu trinken bekommen habe.

Immerhin könne er nicht gar zu lange so gelegen haben, sonst wäre er nicht mehr am Leben, wandten etliche ein. Das Dorf sei wohl erst gestern geräumt worden. Noch eine Nacht ohne Nahrung in der Kälte des ungeheizten Hauses hätte das Kind aber schwerlich überstanden. Der Einfall, die rührende Unschuld und Hilflosigkeit eines Kindes zur Vernichtung eines Gegners zu mißbrauchen, war so ungeheuerlich, daß sie kein Wort darüber sagten. Was aber sollten sie jetzt mit dem Kinde anfangen? Milch hatten sie nicht, überhaupt nichts zu essen außer ihrem Trockenproviant, und mit einem Kinderwagen konnten sie auch nicht auf Patrouille gehen, ganz zu schweigen davon, daß ihre Ausrüstung keine Windeln enthielt und sie bestenfalls ein paar Verbandpäckchen opfern konnten. Heiskanen hatte von hier aus den Rückmarsch antreten wollen, aber er konnte sich nicht vorstellen, daß sie dabei ihrer acht sein sollten. Was wurde aus dem Kind, wenn sie Feuer erhielten und Hals über Kopf zurück mußten!

Der Bedenken dagegen, das Kind mitzunehmen, waren viele, und doch sprach keiner sie aus. Als Jänttinen in das etwas betretene Schweigen der Kameraden hinein ruhig und ohne sonderlichen Nachdruck erklärte: »Ich nehme es halt mit!«, wurde kein Widerspruch laut, nicht einmal Bedenken, obschon Heiskanen da gerade einfiel, das Kind könne ja zu allem hinzu auch noch durch Geschrei zur unrechten Zeit eine wahre Hölle heraufbeschwören. Er ließ sich von Sanavuori nur in seine Kartenskizze das Haus einmerken, in dem sie das Kind und die Minen unter seinem Bett gefunden hatten. Dann berichteten die andern von ihren Entdeckungen.

Als sie nach etlichen Vorsichtsmaßnahmen die kleine Scheune bezogen, in der sich noch ein paar Hände voll Heu fanden, die ihnen das Lager weicher machen konnten, übernahm Jänttinen die erste Wache. Die Kameraden, die sofort einschliefen, gewahrten an diesem Abend noch nicht, was ihnen in den folgenden beiden Tagen zum gewohnten Anblick wurde, der für sie allmählich alles Lächerliche verlor: wie der bärtig verwilderte Jänttinen bedächtig ein Stück Trockenbrot aus seiner Tasche holte, es lange kaute und den dunklen, säuerlichen Speisebrei dann, tief über das Kind gebeugt, ihm mit den Fingern in den Mund tat. Er gab, was er hatte, das einzige, womit er das Kind am Leben zu erhalten hoffen konnte, und die absonderliche Form des Vorkauens und des »Kröpfens«, wie die Kameraden es später nannten, gab er an den folgenden Tagen nur insoweit auf, wie die andern ihm bedeuteten, er habe ja einen Löffel, mit dem er dem Kind die vorgekaute Nahrung verabreichen könne. An jenem ersten Abend erhielt der Knabe noch eine pelikanische Mahlzeit, die er im Schein der abgeblendeten Taschenlaterne gierig verschlang. Dann weckte Jänttinen den Kameraden, der die folgende Wache übernehmen sollte, und legte sich, Kind und Maschinenpistole an der Brust, zum Schlafen nieder. In der Morgenfrühe, vor dem Aufbruch, wurden seine Kameraden Zeugen der zweiten Mahlzeit; auch wusch er dem Kinde später mit einem Stück Verbandmull das Gesicht. Das alles, sagte er, sei ihm nichts Ungewohntes; er habe daheim selber zwei. Die Kameraden begannen, den Knaben Iwan zu nennen und sich unter diesem Namen nach dem Befinden des Kindes zu erkundigen. Jänttinen streifte dann ein paarmal die Vermummung zurück und ließ sie das Gesicht eines schlafenden Kindes mit dunklem Haar sehen, das wenig mehr als ein Jahr alt sein mochte und dem, nach der Farbe seiner Wangen zu urteilen, nichts zu mangeln schien. Als die Patrouille aufbrach, hing Jänttinen sich das Kind in Decke und Zeltplan dicht vor die Brust, so daß das Bündel nicht gar zu wild schaukelte. Seine Hände hatte er frei. Er lief jetzt nur ein wenig gebeugter unter dem Gewicht der Last, die von den Achseln herab vor seiner Brust hing und noch mit Riemen an seinem Koppel befestigt war. Heiskanen und mancher von den andern betrachteten ihn zweiflerisch. Er wisse nicht, wie das gehen solle, äußerte der Leutnant. Ach, das gehe schon, erwiderte, den Rücken aufrichtend, Jänttinen seelenruhig. Die Last um den Hals aber ließ ihm die Adern auf der Stirn hoch anschwellen.

Sanavuori versprach, mit ihm abzuwechseln. –
Hierlassen können habe man ja das Kind doch
nicht, das wäre sein gewisser Tod gewesen.

Das wollte der Leutnant nicht bestreiten. Nur,
meinte er, könne man keine Rücksicht nehmen.
Wenn Jänttinen mit dem Kinde nicht so schnell
sein könne wie die andern, wisse er nicht, wie sie
sich anders helfen wollten als dadurch, daß sie den
Ballast doch über Bord warfen. Er wolle die Patrouille heil zurückbringen und keinen Mann aufs
Spiel setzen.

Jänttinen tat so, als höre er das nicht. Als sie den
Rückmarsch antraten, war er es, der die Geschwindigkeit steigerte. Wie eine Lokomotive pflügte er
sich vorwärts, den Kopf gesenkt, die Schultern mit
der Zeit immer tiefer vornübergebeugt, darauf be-
dacht, das Bündel vor seiner Brust nicht in gar zu
heftige Schwingungen geraten zu lassen. Als Sanavuori ihm nach ein paar Stunden anbot, das Kind
zu tragen, schüttelte er nur stumm den Kopf, den
die verdoppelte Anstrengung des Tragens und des
Laufens feuerrot gemacht hatte. Die andern mu-
sterten Jänttinen stumm und verstohlen, wenn die
Patrouille einmal den weit auseinandergezogenen
Gänsemarsch aufgab und sich in einer Gruppe

sammelte. Heiskanen verbesserte tagsüber mehrfach die Karten mit der Lage der Hindernisse, die er auf dem Anmarsch gezeichnet hatte. Wäre nicht das vonnöten gewesen, niemand von den sieben hätte glauben können, etwas anderes als einen ungewöhnlich langen Ausflug mitzumachen. Die Stille und das Ausbleiben jeglicher Berührung mit dem Feinde, der diesen Frontabschnitt doch nicht unbemerkt und so gänzlich aufgegeben haben konnte, wie es den Anschein machte, wirkten am Ende unheimlich, und mehr als einmal ging einem der sieben der Gedanke durch den Kopf, sie liefen mit jeder ungestörten Stunde nur immer tiefer – wie Fische in eine Reuse – in eine Falle hinein, aus der es dann kein Entrinnen mehr gebe. Nicht einmal das Kind ließ von sich hören. Heiskanen äußerte einmal die Vermutung, daß Jänttinen sich damit abplage, einen Toten durch die Wälder und die Frontlinien zu tragen; sein Erst- und Eingeborener [er hatte nach dem Winterkrieg geheiratet] hätte sich schon längst gemeldet, aber nachdem dieser Argwohn einmal ausgesprochen worden war und Jänttinen ohne viel Widerrede nur stumm die Decke von dem Gesicht des schlafenden Kindes zurückgeschlagen hatte, um die Ungläubigen mit dem Augenschein zu überzeugen, wurde derlei nie mehr geäußert. Eher neigte man insgeheim der Auffassung zu, Iwan mit seinem krebsroten Gesichtchen müsse krank geworden sein, doch sprachen gegen diese Vermutung der ruhige Atem und die zu Fäustchen geballten Hände neben den Schultern.

Jänttinen selber überzeugte sich, nachdem einmal ein Verdacht ausgesprochen war, von Zeit zu Zeit verstohlen, daß es mit dem Kinde zum Rechten stand. Bei der ersten Mittagsrast überraschte er die Kameraden durch sein Kröpfen und ging am Abend statt der Finger zum Löffel über.

Es konnte nicht ausbleiben, daß sich während der Mahlzeit alle um Jänttinen versammelten und zusahen. Ihm fehlte es dabei nicht an Ratschlägen, wie er dieses und jenes besser oder anders machen könne. Diejenigen unter den sieben, die selber Väter waren, streuten sparsam eigene Erfahrungen aus. Es wurde jedoch von allen als so etwas wie ein stillschweigendes Einverständnis mit der Anwesenheit des Kindes betrachtet, als der Leutnant an Jänttinen ein gut Teil seines Verbandpäckchens und eine Tube Wundsalbe verschenkte und ihm den Vorschlag machte, Iwan in Ermangelung von

Wasser mit dieser Salbe zu reinigen. So habe er's seine Frau bei ihrem Sohn machen sehen. Jänttinen nahm die Gabe an, unterließ jedoch die Reinigung, die man, wie er sagte, verschieben müsse, bis man es in der Wärme tun könne. Der Schmutz schade dem Kind bestimmt weniger als Kälte.

In der Nacht, als die Patrouille unter ein paar riesigen Tannen mit tief herabreichendem Geäst ihr Lager aufgeschlagen hatte und alles bis auf die Wache schlief, begann das Kind, das an Jänttinens Brust lag, mit einemmal zu wimmern, und Jänttinen erwachte davon … Und da zum ersten Male hörte der wachende Kamerad, wie Jänttinen das weinende Kind in seiner eigenen Sprache zu beschwichtigen versuchte und es dabei bald Juhani und bald in allen möglichen Koseformen dieses Namens Jussi, Juha, Jukka und Jukku nannte. Ob Jänttinen selbst bei diesen Beruhigungsversuchen richtig wach war, wußte die Wache nicht, denn der Pflegevater brauchte seinem Kind nur ein paarmal gut zuzureden, da wurde es still, niemand war von seinem Weinen aufgewacht, und kaum war das Kind eingeschlafen, da lag auch Jänttinen wieder ruhig atmend da und hielt das stille Bündel zwischen seinen Armen.

Als die Patrouille, noch bevor es Tag geworden war, von neuem aufbrach, bot jener, der in der Nacht Zeuge der Beschwichtigung gewesen war, Jänttinen seine Hilfe an, er könne Jussi gut eine Meile tragen [er sagte da schon Jussi, ohne sich dabei etwas zu denken], doch Jänttinen wehrte das freundlich ab. Ihm mache es nichts aus, er habe sich schon daran gewöhnt, und es sei auch besser, daß das Kind bei ihm bleibe, falls sie doch unvermutet in Schwierigkeiten kommen sollten.

Das war eine für Jänttinens sonstige Wortkargheit ungewöhnlich lange Erklärung.

Bei der nächsten Mahlzeit, die man hielt, legte Heiskanen Jänttinen mit einemmal ein paar Stücke eines hellen, trockenen Gebäcks auf den Mantel und meinte, als Jänttinen verdutzt aufblickte, Weizenbrot werde Iwan besser zuträglich sein als das dunkle, gesäuerte Hartbrot, worauf etliche jedoch bemerkten, Juhani sei bestimmt mit Rindenbrot aufgewachsen, so üppig habe das Dorf, dem Anschein nach, nicht gelebt, und nachdem das Kind – unerklärlich, wie – schon nach einem Tage, da ein finnischer Soldat es durch die ostkarelischen Einödwälder getragen hatte, in die Familie des eigenen Volkes aufgenommen worden war und den finnischen Namen des Täufers und Vorläufers erhalten hatte, sprach auch der Leutnant fortan von Juhani oder Juha, und der Tag ging nicht hin, ohne daß jeder sich einmal erboten hatte, Jänttinen seine Last abzunehmen.

Er schlug die Hilfe jedesmal aus, so als sei ihm unumstößlich gewiß, daß nur er allein das Kind durch die Wälder und die feindlichen Fronten tragen dürfe. Die Vermutungen der Kameraden, Iwan-Juhani brauche keineswegs russischer Herkunft zu sein, die Bevölkerung dieser Gebiete sei ja von finnischem Stamm, soweit nicht für die ausgesiedelten und verschickten Tausende finnischer Herkunft und Sprache eine neue Bevölkerung aus dem Innern Rußlands angesiedelt worden war, hörte er sich mit Gleichmut an. Sein Blick, mit dem er den Kopf des Kindes vor sich betrachtete, hatte nichts Forschendes, welcher Herkunft Juhani wohl sei, und das Kind, das – wenn es seine Augen geöffnet hatte – eigentlich nur Jänttinen betrachtete und keinen der andern, wie denen mit der Zeit auffiel, schien diesen Pflegevater als seinen einzigen und wahren Vater anzunehmen, als habe es vor ihm noch keinen Menschen gesehen. Dagegen schien Jänttinen nicht gern zuzuhören, wenn die andern sich in Mutmaßungen ergingen, was für eine Mutter das gewesen sein müsse, die sich ihr Kind zu einem so ungeheuerlichen Anschlag habe nehmen lassen. Kam die Rede darauf, dann ging er aus der Gruppe davon. Er tat dies, auch wenn nicht darüber gesprochen wurde, um so häufiger, je näher sie den eigenen Linien gelangten, ohne ersichtlichen Grund. Es hatte beinahe den Anschein, als gehe auch ihm allmählich auf, daß es ein großes Wagnis sein werde, mit dieser Bürde eine Strecke zu durchqueren, in der es auf größte Schnelligkeit und Wendigkeit ankam.

Bei ihrer letzten Besprechung, in der Dämmerung des zweiten Rückmarschtages, saß Jänttinen in finsterem Schweigen da und ließ Heiskanen und den anderen fünf die Entscheidung. Heiskanen war der Meinung, allein aus der Tatsache, daß sie Jussi gefunden hätten, gehe hervor, daß der Feind ein schnelles Nachdrängen der finnischen Truppen erwartet habe. Seine Linien könnten also nur sehr locker und dünn mit vereinzelten Widerstandsnestern besetzt sein, ohne eine eigentliche, zusammenhängende Stellung. Überrascht vom Ausbleiben des finnischen Vorstoßes, würden die Russen wohl jetzt erst das Gelände durch Truppen besetzen, die sie aus ihren Auffangstellungen vorschikken könnten. Um dieser Maßnahme zuvorzukommen, sollte ihr Stab baldmöglichst im Besitz ihrer Aufklärungsergebnisse und der Kartenskizzen sein. Er wolle deshalb vorschlagen, daß sie weitermarschierten, dann könnten sie entweder im Schutze der Nacht oder spätestens in der Morgendämmerung nach verabredetem Signal in die eigenen Linien gelangen. Aus einem begreiflichen Heimweh nach den eigenen Quartieren waren alle dafür, den nächtlichen Gewaltmarsch auf sich zu nehmen. Selbst Jänttinen rang sich ein stummes Nicken seines bärtig-verwilderten Kopfes ab. Man aß ausgiebiger als sonst, die Nähe des eigenen Lagers ersparte bedachtsame Schonung der Vorräte, je weniger Gepäck man hatte, um so unbehinderter konnte man ausschreiten, und selbst Jussi erhielt von dem mit der Zeitvergessenheit eines Tieres kauenden Jänttinen eine so reichliche Mahlzeit, wie er sie vordem noch niemals genossen. Ein paar derbe Bemerkungen, Jänttinen als einziger müsse im Gepäck mittragen, was an reichlicher Verpflegung schon genossen worden sei, den Jussi werde man mit der Spitzhacke aus dem Bündel befreien müssen, ließ Jänttinen in seiner Verfinsterung un-

beachtet. Er duckte sich, vornübergeneigt, wie ein Stier zum Angriff, als man die Stöcke einstemmte und mit Heiskanen an der Spitze zum letzten Marsch aufbrach.

Um diese Zeit war es bereits dunkel. Jedes laute Wort verbot sich von selbst, und es gab in der völligen Stille, die nur vom Schleifen der sieben Schneeschuhpaare unterbrochen wurde, Augenblicke genug, da jeder der sieben befürchtete, Jussi könne gerade für diese Stunde seine Stimme gespart haben – Augenblicke, da mancher sich fragte, wozu er, wenn das geschehen sollte, dann wohl fähig sein könne. Verfinsterten Sinnes fuhr der so Denkende in die immer tiefere Finsternis hinein.

Heiskanen, an der Spitze, legte häufiger einen kurzen Halt ein und ließ aufschließen, einmal um den Kompaß zu befragen, ein andermal um zu lauschen und Verhaltungsmaßregeln für einen Ernstfall auszugeben, oder auch nur um den heftig arbeitenden Lungen eine Weile Ruhe zu gewähren, bis der Schweiß anfing zu erkalten und ein Schauder über den Rücken zu neuem Aufbruch mahnte. Die Wachsamkeit war nun schon dermaßen gespannt, daß das geringste ungewohnte Geräusch alle sieben in Deckung gehen und die Hände vom Knauf der Stöcke an die Maschinenpistole fliegen ließ. Einmal trat ein unerwarteter Riß in der Kette ein: Jänttinen, in der Mitte, war unvermittelt stehengeblieben und flüsterte heiser in das Bündel hinein. Nur er hatte das ganz leise Wimmern daraus vernommen und war mit stockendem Herzschlag stehengeblieben. Als die Kette sich wieder zusammenfügte, war das Schweigen in beiden Gliedern ein anderes als zuvor. Viele Augen suchten Jänttinens Bürde zu erkennen. Die Ohren unterschieden jetzt schon in der Ferne das Geräusch fahrender Transporte und hin und wieder einen Abschuß. Die Patrouille stieß zögernder vor, Heiskanen vervielfachte die Horchpausen und spähte unablässig ins

Gelände, um richtungweisende Merkmale ausmachen zu können. Der Wald aber war so unwegsam und dicht wie an allen vorangegangenen Tagen.

Mitternacht war längst vorüber, als ein Gewehrschuß in der Nähe die sieben aus der Monotonie des schleifenden Anmarsches weckte und hinter die Bäumstämme bannte. Keiner von ihnen wußte, ob der Schütze die eigenen Linien hatte alarmieren wollen, oder ob sie, ohne es zu wissen, schon so nahe an die Front gekommen waren, daß dieser Schuß zu dem planlosen Störungsfeuer gehörte, mit dem nächtliche Posten sich zuweilen Mut zu machen und den Gegner zu überzeugen versuchen, daß man gegen alle Überraschungen auf der Hut sei. Als nach diesem vereinzelten Schuß lange Zeit nichts mehr zu hören war, glaubte mancher schon, der Knall habe von einem Baum hergerührt, den der starke Frost gespalten hatte. Immerhin erlaubte das Beispiel des Leutnants keinem auch nur die geringste Bewegung. Sie kauerten wie aus Erz gegossen hinter den Stämmen und verwuchsen mit jeder Minute mehr mit der Reglosigkeit der froststarren Nacht. Heiskanen jedoch schien ein weiteres Vordringen allzu gewagt. Die Patrouille war wie blind, jeder Schritt wäre nur ein

Tasten gewesen, bei dem man unvermutet auf ein feindliches Widerstandsnest stoßen konnte. Keiner hatte, als dieser vereinzelte Schuß abgefeuert worden war, das Mündungsfeuer gesehen und sich danach eine Vorstellung zu bilden vermocht, wo der Schütze lag. Anderseits ließ die völlige Stille hinterher die Vermutung zu, daß man ihr Nahen überhaupt nicht bemerkt hatte. Unter diesen Umständen hielt Heiskanen es für das geratene, die erste Morgendämmerung abzuwarten. Er winkte seine Leute zu sich heran. Geduckt, die Knie in einem beinahe spitzen Winkel vorschiebend, glitten sie zu ihm und sammelten sich um ihn. Er sagte, daß er bis zum Morgen warten wolle. Einen Augenblick herrschte Stille. Dann murmelte Jänttinen keuchend, sie sollten lieber weiter.

Als er das sagte, klang es nicht wie ein Widerspruch, sondern wie ein eigentümlich dringlicher Rat oder Vorschlag. Die sechs waren verblüfft und schwiegen, als mit einemmal, mitten in dieses Schweigen hinein, Sanavuori ein kaum vernehmliches »Achtung!« zischelte. Irgendwie teilte seine Haltung den andern das Empfinden mit, sie müßten noch regloser werden. Und von irgend etwas, was sie selber nicht sahen und was nur Sanavuori

132

beobachtet hatte, in diese Reglosigkeit gebannt, in der sie nichts als ihr Herz vernehmen konnten, gewahrten sie mit Entsetzen, wie das Bündel vor Jänttinens Brust schaukelte und unter der Decke her ein winziges Keuchen vernehmbar ward, das jeden Augenblick zum Weinen werden konnte. Dann ... sie bewegten wie mit der Geschwindigkeit eines Sekundenzeigers den Kopf in die Runde ..., dann hörten sie halblaute Stimmen und Prasseln, mit dem firniger Schnee unter Schritten zerbrach.

»Dreißig Meter, grad voraus!« flüsterte Sanavuori. Alle – oder beinahe alle – hielten in der angegebenen Richtung Ausschau; aller – oder beinahe aller – Hände spannten sich um die Maschinenpistole. Nur einer griff statt zur Waffe zum Bündel, das an seiner Brust hing, und blickte statt nach vorn auf das Kind. In der atemberaubenden Stille begann Jänttinen wie in höchster Not zu flüstern, unsinnige Kosenamen für Juhani, die alle mit der Bitte endeten, still zu sein, ganz still.

Als die dunkle Gruppe, die Sanavuori als erster bemerkt, im Gänsemarsch eine kleine Waldlichtung vor ihnen überquert hatte, aus der Sicht war und die Männer der Patrouille wieder wagten, sich zu rühren, gewahrten sie, wie Jänttinen statt der Maschinenpistole das Kind in seinen Armen hielt und langsam hin und her wiegte. Er flüsterte jetzt nicht mehr. Als er die Blicke der sechs bemerkte, ließ er das Bündel sinken und richtete sich auf. In diesem Verhalten lag etwas so Entschiedenes, zum Aufbruch Mahnendes, daß alle es ihm nachtaten und Heiskanen nicht einmal Einspruch erhob, als Jänttinen, ohne ein Wort zu verlieren, sich zum Anführer der Patrouille machte und, sich links im Schatten zwischen den Bäumen haltend, auf eben jene kleine Lichtung zustrebte, welche die dunkle Gruppe der Feinde soeben überquert hatte. Jänttinen ging tief vornüber geneigt, mit weit ausholenden, rudernden Bewegungen der Arme, jedoch nicht mehr ganz so schnell, und die hinter ihm Folgenden hatten das Gefühl, sie müßten für den Gebeugten Ausschau halten. Als sie in einer Höhe mit der Lichtung waren, blieb Jänttinen stehen. Sie wußten nicht, ob seine Bürde ihn beuge oder ob er die Spuren betrachte, die hier zu erkennen waren. Dann aber schob er seine Skier in der alten Richtung vorwärts, auf ein Gehölz zu, das dunkler als alle andern Dunkelheiten vor ihnen lag. Er trat jedoch nicht in das nur mit Lärm zu betretende Dickicht ein, sondern hielt sich am Rande, wo eine schneisenähnliche Breite hangabwärts führte. In dieser Breite drang er jedoch außerordentlich langsam, beinahe spürend vor und bog, je tiefer sie gelangten, immer weiter nach links ab, bis er mit einemmal – im selben Augenblick, da eine anfangs nur zu ahnende größere Helligkeit vor ihnen sich als freie Fläche erwies – wie angewurzelt stehenblieb. Und kaum hatte das Schleifen der Schneeschuhe und das Knistern, mit dem die Stöcke in den Schnee eintauchten und sich aus ihm hoben, aufgehört, da vernahmen alle von rechts her, wo das umgangene Dickicht an die offene Gemarkung grenzen mochte, ganz deutlich Stimmen. Sie priesen Jänttinens unerklärlichen Trieb, der sie nach links gedrängt hatte, sonst wären sie in das feindliche Nest hineingelaufen. Wie weit aber reichte das Schußfeld des Maschinengewehrpostens, der sich dort rechter Hand eingegraben hatte? Konnten sie's wagen, ihn zu umgehen und dann über das offene Feld zu schleichen? Oder sollten sie diesen Posten mit ein paar Handgranaten ausräuchern? Daß sie sich unbemerkt anschleichen und die ganze Besatzung gefangennehmen könnten, wollte keiner glauben. Und beim geringsten

Mißgeschick würde dann die ganze Nachbarschaft alarmiert.

Nicht Heiskanen war es, der die Entscheidung traf. Abermals nahm Jänttinen sie ihm ab. Ohne ein Wort zu sagen, brach der Korporal auf und strebte durch den Wald von neuem hangaufwärts, dorthin, von wo sie gekommen waren. Bei der Lichtung angelangt, verweilte er ein paar Augenblicke, glitt dann rasch über die Schneisenbreite und umging das Dickicht, eng an dessen Dunkel geschmiegt, ohne zu bedenken, daß gegen seine Finsternis die Schneehemden der Patrouille doppelt abstechen mußten. Als sie in einem lichteren Walde wieder abwärtsglitten, überließ er Heiskanen dadurch die Führung, daß er sich nach einer Horchpause sehr langsam vorwärtsschob. Als sie am Waldrand vor dem offenen Feld angelangt waren, schloß er als einer der letzten auf. Das Bündel mit dem Kind in den Armen, betrachtete er die Aussicht, die ihm hier günstiger schien als bei der ersten Stelle, denn die Talsenke mit einem schmalen Bach enthielt hier reichlich lockeres Gebüsch, das ihnen bei der Überquerung gute Deckung bieten konnte. »Die Rakete!« murmelte er, bevor noch einer von den andern ein Wort gesagt hatte.

Heiskanen schwieg. Nach einer Weile sagte er, man könne auf den Morgennebel warten. Bis dahin könne es nicht mehr lange dauern. Jänttinen machte ihm, ohne daß er zu erklären vermocht hätte, wodurch, den Eindruck einer ängstlich um ihr Kind besorgten Mutter. Die Klugheit, die er eben bei der Führung bewiesen, hatte für ihn nichts Soldatisches an sich gehabt.

Die Rakete müsse man jetzt schießen, beharrte Jänttinen, und zwar aus dem Dickicht dort ... Der Leutnant schwieg ob dieser Beharrlichkeit, aber da keiner von den andern Jänttinen widersprach, ließ er von seinen Zweifeln ab. Er lud die Signalpistole in ihrem Beisein mit der verabredeten Rakete und entfernte sich. Sie hörten, wie er in das Dickicht eindrang, dann aber mochte er eine Gasse gefunden haben, die ihn völlig lautlos aufnahm, denn sie vernahmen nichts mehr. Alle setzten sich in den Schnee, ein jeder mit einem Stamm neben sich, und als nach einem kaum vernehmbaren Puffen der Stern am grauenden Himmel erschien, betrachteten sie ihn mit geblendeten Augen, so lange waren sie das Dunkel gewohnt, und sahen ihn wie die schönste Hoffnung über der heimatlichen Talseite versprühen. Der letzte Funken aber war noch nicht

erloschen, als zu ihrer Linken das Maschinengewehr zu hämmern begann und einen Fächer von
Leuchtspurgeschossen über der Talbreite aufschlug.
Von der andern Seite blieb das Feuer zu ihrer Erleichterung unbeantwortet.

Bei den ersten Schüssen waren sie aufgestanden,
gerade als ob sie Heiskanen, der aus dem Dickicht
auf sie zuglitt, stehend hätten erwarten wollen, in
Wirklichkeit aber, weil sie festzustellen trachteten,
wo sich das Maschinengewehrnest zur Linken be-
fand und ob zur Rechten ein zweites, das sie noch
nicht bemerkt hatten, einfallen würde. Doch in
dem bei der frostklaren Nacht äußerst gellen Knall
der Abschüsse erwachte das Kind, und Heiskanen
empfing zu seinem Unmut das Wimmern an Jänttinens Brust. Solange die Schießerei währte, mochte Juhani das Weinen noch hingehen; was aber ta-
ten sie mit ihm, wenn es wieder still wurde? Diesen
Augenblick schien Jänttinen selber zu fürchten,
denn er entfernte sich eilig von der Gruppe nach
rechts hin, wie um aus der Hörweite der Maschinengewehrbedienung zu kommen. Daß er dabei
anderen feindlichen Wachen entgegenging, schien
ihm nicht in den Sinn zu kommen. Heiskanen
zischte ihm nach, er solle zurückkommen und den

Balg zur Ruhe bringen. Jänttinen blieb in der Tat stehen. Es war schon so hell, daß man unterscheiden konnte, wie sein hinabgebeugter Kopf mit dem Bündel an seiner Brust verschmolz. Im selben Augenblick verstummte das Maschinengewehr zu ihrer Linken, der Posten schien das Nutzlose eingesehen zu haben, und da nun wieder völlige Stille eintrat, hörten die sechs Jänttinens Gemurmel.

»Der Nebel ist schon da«, meinte Heiskanen, den Blick auf die Talsohle geheftet, in der man tatsächlich ein dünnes, graues Gespinst zu unterscheiden begann.

Sanavuori schlug vor, das Feld nicht im rechten Winkel, sondern nach zwei-, dreihundert Metern weiter rechts in einem spitzen Winkel zu überqueren. Jänttinen solle der zweite sein, ihm sollten die anderen weit auseinandergezogen folgen. Auf jeden Fall müsse man es sogleich wagen; der dünne Nebel gebe weniger Schutz als die Dunkelheit.

Auf diese Bemerkung schien Jänttinen in seiner Ungeduld gewartet zu haben, denn kaum hatte Sanavuori ausgeredet, da setzte er sich in Marsch. Er schob sich aber so langsam vorwärts, daß Heiskanen und Sanavuori sogleich neben ihm aufschließen konnten und, als die Enge der Zwischenräume zwischen dem Gezweig ein Nebeneinander unmöglich machte, sich an die Spitze setzten. So ging es stumm vorwärts, bis sie etwa dreihundert Meter zurückgelegt hatten, ohne auf Widerstand zu stoßen. Als Heiskanen, der die Spitze hielt, stehenblieb, schob Sanavuori sich an ihm vorbei, überflog ein paar Sekunden lang sichernd die freie Gemarkung und schoß dann, die Stöcke weit vorgesetzt, tief gebeugt in die offene Fläche hinaus, auf der das nächste, tief im Schnee verwehte Gebüsch etwa sechzig Meter entfernt den Lauf des Baches kennzeichnete. Die Zurückgebliebenen sahen, daß er offensichtlich einer Stelle zustrebte, wo das Buschwerk eine filigrandünne, zinngraue Gardine bildete. In seiner Spur folgte einen Augenblick später Jänttinen, und das Keuchen, mit dem er sich abgestoßen hatte, hing noch allen im Ohr, als seine geduckte Gestalt schon in die Talsohle stob.

Im selben Augenblick aber durchzuckte den Leutnant der Gedanke, daß er viel zu unaufmerksam auf Sanavuoris Vorschlag, Jänttinen solle das Feld als zweiter überqueren, eingegangen sei, denn wenn die Maschinengewehrbedienung vielleicht auch Sanavuori zu spät entdeckte, konnte sie Jänttinen um so sicherer unter Feuer nehmen. Außerdem war nach der Rakete und dem Sperrfeuer hinterher vielleicht irgendwo weiter rechts noch ein leichtes Maschinengewehr in Stellung gebracht worden.

Mit hämmerndem Herzschlag blickte er Jänttinens kaum erkennbarer Gestalt nach und bangte um jede ruhige Sekunde. Zugleich kochte in ihm ein Grimm ob Jänttinens aberwitzigem Einfall, dieses Kind mitzunehmen – ein Einfall, der jetzt die Patrouille vielleicht schwere Verluste kosten würde, denn ohne den wimmernden Balg hätten sie den Frontübertritt mit aller Ruhe und Sorgfalt vorbereiten können.

»Ist er durch? Ist er durch?« fragte er – ohne es zu wissen – die letzten vier, die bei ihm standen.

Er hörte nicht, was sie als Antwort flüsterten.

»Die nächsten! Los!« kommandierte Heiskanen. »Schnell!«

Er sah nicht einmal, wer es war, der aus der Gruppe vorschnellte und in den Spuren der Vorausgegangenen mit weit ausgreifenden Stöcken davonlief. Im Halbdunkel versuchte er zu erkennen, ob Jänttinen angelangt sei.

»Die scheinen zu schlafen!« flüsterte jemand, »wir können alle miteinander weg.«

»Der nächste!« flüsterte Heiskanen. Er sah nichts mehr. Seine Augen hatten sich an der Dunkelheit und dem bleichen Schneewiderschein blind gestarrt. Ein neuer Mann brach auf, dann noch einer, die Zwischenräume wurden immer geringer. Auf einmal stand er allein da. Es war immer noch still. So still und so kalt, daß er, als jetzt die Spannung überstanden schien, zu frösteln begann. Er blickte sich um. Mit einemmal schien ihm dieser Ort, an dem sie eben noch zu sieben gestanden hatten, gefährlich zu sein, das freie Feld eine Zuflucht. Er versuchte auszumachen, wo die anderen waren, sah aber nur die mittlerweile tief ausgefahrenen Spuren, die sich in einem Nichts verloren, einem Nichts, das bei den eigenen Linien lag – und mit einem Gefühl unsäglicher Erleichterung glitt er die ersten Meter auf das Feld hinaus. Kaum aber war er da in einer, wie ihm jetzt dünkte, beängstigend großen, nackten Helligkeit angelangt, da schlug ihn der Bann einer seltsamen Verhexung. Er war überzeugt, ebenso schnell wie die Vorausgefahrenen zu laufen, genau so schnell, wie er sonst lief, wenn er alle Kräfte einsetzte, und doch hatte er in einer qualvollen Gespaltenheit das Gefühl, er könne sich selber zusehen, wie er hier gleich einem Schwimmschüler an der Luftangel Arme und Beine bewegte und dennoch keinen Meter vorwärtskam. Keinen Meter, durch irgendeine Zauberei festgebannt, und mit wild rudernden Armen und auf dem Fleck vorwärts und rückwärts schiebenden Schneeschuhen eine Zielscheibe für die, die ja doch einmal aufwachen mußten, wenn nicht bei sechs Malen dann beim siebenten Mal. Der kalte Schweiß brach ihm aus. Er sah nichts mehr. Die große Helligkeit hatte ihn geblendet. Und seine uferlose Angst – er war davon überzeugt, bevor die erste Garbe von hinten her durch die Dämmerung fegte –, seine Todesangst machte die andern da hinter ihrem Maschinengewehr lebendig!

Er ließ sich in die Spur fallen, als das Maschinengewehr hinter ihm zu mähen begann, und lag einen Augenblick regungslos – nur mit dem einen Trieb, unbeweglich zu sein. Als irgendwo vor ihm im verschleierten Dunst helle Flämmchen aufsprühten und das Feuer des Maschinengewehrs aus einem halben Dutzend Maschinenpistolen erwidert wurde, begann er weiterzukriechen. Dann hockte er sich hin und stieß sich mit den Stöcken weiter. Er tat das alles, ohne zu denken – nur mit

einem Gefühl der Erleichterung, daß die andern
für ihn den Bann gelöst und das Feuer von ihm
abgelenkt hätten. Daß er jenseits des offenen Fel-
des war, merkte er erst, als er in ein Gestrüpp hin-
einglitt. Im nächsten Augenblick – er lag da völlig
reglos und versuchte, herauszufinden, wo er sei –
hörte er in der Nähe ein Kind weinen. Da ergriff
ihn von neuem ein seltsames Bangen. Die Einschläge lagen jetzt so viel näher als vorher. Die Maschinengewehrbedienung hatte ihn wohl aus der
Sicht verloren und schoß sich jetzt auf dieses Gebüsch ein. Um Gottes willen! dachte er, wenn dem
Kind etwas zustieß!

»Aufhören! Aufhören!« schrie er, so laut er konnte,
wenn nur noch der Nachhall einer Geschoßserie
ihm in den Ohren schwang. Dann leckte seine
Zunge, ohne daß er's wußte, Schnee in die Brand-
glut, von der er ausgedörrt wurde, um gleich danach wieder das eine flehentliche Wort zu formen:
»Aufhören!«

Als das Feuer auf beiden Seiten schwieg, lag er
noch eine Weile reglos. Dann preßte er sich durch
das lockere Gebüsch weiter. Die Zweige strichen
ihm pfeifend um den Kopf. Schwäche überwältigte
ihn. Er glaubte einen Augenblick, verwundet zu

sein und das nicht anders als in einer uferlosen Kraftlosigkeit zu spüren, in einem unbezähmbaren Bedürfnis, einzuschlafen, hier, mitten in der Nacht, im Schnee. Daß er zu den sechs Vorangegangenen hinfand, war nicht allen sein Verdienst. Er begegnete etlichen von ihnen, als sie ihn suchten und er sich, tief hingekauert, immer weiter vorwärtsstieß. Aus der Talsohle stemmte er sich in der Schere hangaufwärts.

Sie müßten sich beeilen, war das erste, was er hörte, das Morgengrauen werde sonst zu hell. Heiskanen sah wie ein Erwachender um sich. Er gewahrte Jänttinen, der eine Weile halb aufgerichtet dahockte, etwas kaute und dann den struppigen Kopf tief über das Bündel beugte. Heiskanen fiel auf, daß sein Tarnhemd über dem Rücken klaffte, wie mit einer glühenden Schere geschützt und versengt.

Jänttinen habe einen Streifschuß abbekommen, der ihm nur das Tarnhemd geschlitzt habe, erklärten die andern.

In einer lockeren Gruppe hockten sie jetzt zu sieben versammelt. Keiner sagte ein Wort. Als Jänttinen sein Bündel so geordnet hatte, daß kein Spalt mehr klaffte, und die Schlaufe tiefer in den

Nacken drückte, richteten die ersten sich auf, Heiskanen hatte sich wieder gefaßt.

Es blieb ruhig. Gegen die Sicht von hinten her, durch die Gardine des Buschwerks geschützt, erreichte die Patrouille nach weniger als dreihundert Metern die vorgeschobenen Posten der eigenen Linien und schleuste sich in die finnische Front ein. Und erst bei den scherzhaften Bemerkungen unbekannter Kameraden, sie hätten sich wohl das vertraute heimatliche Weihnachtsstroh und den Festschinken nicht entgehen lassen wollen und deshalb den Übertritt selbst an dieser mißlichen Stelle lieber heute gewagt, als noch einen Tag länger zu warten, kam ihnen wieder die Nähe des hohen Festes zu Bewußtsein, und sie wurden inne, daß Weihnachten war.

Auf diese Bemerkungen indessen gab der Leutnant eine Antwort, die in ihrer kindlichen Einfachheit, und so unerwartet sie kam, lange Zeit unvergessen blieb. Nein, erklärte er in seiner etwas nüchternen, phantasielosen Art, sie seien nicht deshalb gekommen, sondern »wegen dem Kind da«, und dabei zeigte er auf den riesigen Korporal.

Ohne daß die sieben untereinander ein Wort darüber gewechselt hätten, ganz wie nach einer heimlichen Übereinkunft, trennten sie sich nicht von dem Kinde. Als sie beim ersten Bataillonsstab ihre Verpflegung empfingen und in einem halbdunkeln Pappzelt um den dampfenden Kessel saßen, kam es ihnen schon sonderbar vor, daß die Kameraden so viel Aufhebens davon machten, als Jänttinen nach beendeter Mahlzeit das Bündel öffnete und Juhani bedächtig einen Brei aus geweichtem Brot, Milch und Kaffee zum Munde führte – stark gesüßt, wie er selber den Kaffee gern trank. Sie wußten nicht, daß sie auf ihre Gastgeber den Eindruck einer versprengten Familie machten und daß die geheimnisvolle Beziehung, in der jeder von ihnen, tätig bemüht oder auch nur müßig anschauend, zu dem Kinde stand, ihnen allen sieben als etwas Unerklärliches anhing, als ein Hauch des Wunderbaren, des Friedens und der Wehmut. Juhani aber – noch nie in seinem kurzen Leben hatte er so viele Taschenuhren gesehen, von den vor ihm hockenden Soldaten zum Greifen nah schaukelnd vor seinem staunenden Blick bewegt, blitzende, bunkernde oder stählern-stumpfe Uhren, von denen alle seine Anbeter nichts lieber wollten, als daß er nach ihnen greife. Jänttinen saß während dieser Spiele stumm in würdigem Stolz da und stellte ihnen seinen Juhani dar, wie ein leiblicher Vater es nicht inniger vermocht hätte. Auf die Fragen, was sie denn nun mit dem Kinde anfangen, ob sie's gar zum Soldatenbuben erziehen wollten, wie es deren in den Feldzügen Fähnrich Stahls genug gegeben hatte, schwiegen sie oder gaben ausweichende Antworten, sie wüßten's noch nicht. Der Aufenthalt hier war überdies so kurz, daß man keine Zeit fand, die Frage näher zu erörtern oder eine von den Lottas aus den rückwärtigen Stützpunkten zur Pflegemutter für das Kind zu bestellen. Mit einem Lastwagen, der ins rückwärtige Frontgebiet fahren sollte, hatten die sieben eine Gelegenheit, bis dicht zum Brigadestab ihres eigenen Verbandes und dem Ausgangspunkt ihrer Patrouille zu gelangen. Sie blieben in diesem Abschnitt aber eine sonderbar anheimelnde Erinnerung, die für alle Zeit mit dem Weihnachtstag und seinem wunderbaren Kinde zusammenhing.

Wie die auf sieben vermehrten Heiligen Drei Könige wurden sie dann, als Jänttinen das Kind enthüllt hatte, bei den Ihren empfangen, und obschon sie, die an dieser Patrouille teilgenommen hatten,

aus zwei oder drei verschiedenen Kompanien aus-
gewählt worden waren, verbrachten sie den Rest
des Tages und den Heiligen Abend nicht in der
alten Gemeinschaft ihrer verschiedenen Kompanien und Züge, sondern in der neuen Gemeinschaft der Patrouille, die – unausgesprochen – die
Gemeinschaft um das Kind war. Juhani schlief in
einer Plane in einem geheizten Zelt, und Jänttinen,
der über seinen Frieden wachte, bevor er selber einschlief, gab dieser frei im Raum schwebenden
Wiege von Zeit zu Zeit einen Stoß, der sie ins
Schwingen brachte.

Heiskanen war schon längst aus dem Stab zurück,
wo er Meldung erstattet hatte; den Teilnehmern an
der Patrouille waren zwei Ruhetage zugesprochen
worden, sie hatten eine Weile geschlafen, waren in
der Badstube gewesen, wo Jänttinen, als sie unter
sich waren, auch das Kind der ersten großen Reinigung unterzogen hatte – es dunkelte allmählich in
den lautlosen Wäldern, und der Heilige Abend
brach an. Jeder der sieben ging zu seiner Truppe,
empfing dort Post und Essen; alle nahmen, in den
drei Kompanien vereint, an dem Appell und dem
Feldgottesdienst teil, der um der Kälte willen nur
Minuten währte, und alle strebten dann zu dem

Zelt zurück, in dem der kleine Juhani alleingeblieben war. Die Müdigkeit aus fünf Tagen hing ihnen nach, der Abend machte einen jeden nachdenklicher als sonst, sie lasen ihre Briefe und tauschten ein paar Leckereien, die ihnen die Post vom selber darbenden Zuhaus gebracht hatte: es herrschte eine Stimmung wie bei allen Weihnachten an der Front, doch konnte es wie eine wohltätige Befreiung von den eigenen Gedanken und Kümmernissen scheinen, daß alles, was sie an diesem Abend miteinander sprachen, der Zukunft des Kindes galt. Sie kamen auf den Rat Heiskanens überein, daß man es durch das nächstgelegene Lotta-Kommando oder einen Trupp jener Frauen, welche die Soldatenheime im rückwärtigen Frontgebiet betreuten, in ein Heim für elternlose Kinder oder ein Lager der Zivilbevölkerung, die man in diesen Gebieten noch angetroffen und dann in großen Lagern versammelt hatte, schicken müsse. Jänttinen nahm an den Beratungen, was das beste sei, kaum teil. Doch als man so weit gekommen war, daß man es den Lottas überlassen wollte, das Rechte zu wählen, sie von hier aus könnten das kaum entscheiden, gab er mit der eigensinnigen Beharrlichkeit, die man an ihm kannte, zu erkennen, daß er das Kind keinesfalls einfach ins Ungewisse zu geben gewillt sei, er wolle genauen Bescheid, wie man mit ihm verfahre, wohin es komme und wer für sein Fortkommen sorgen würde.

Daraus entstand bei allen der Plan, so etwas wie eine Patenschaft an Juhani zu übernehmen, ihn wirklich nach Christenbrauch Juhani taufen zu lassen und für seinen Unterhalt etwas auszuwerfen. Damit war auch Jänttinen zufriedengestellt. Sie machten sich, alle sieben, schon am folgenden Tag, der für sie ja ein Urlaubstag war, in die Etappe auf, um Juhani den Lottas zu übergeben. Und waren die Lottas der Feldküche höchlichst überrascht von

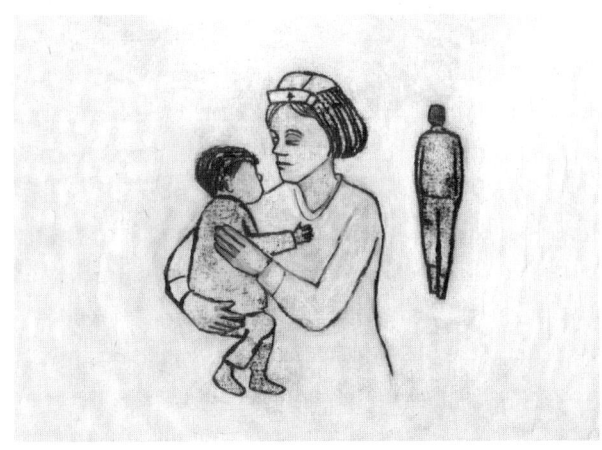

dem Ansinnen der sieben und verwiesen sie an eine andere Gruppe, die im nahen Stab vornehmlich beim Telephon beschäftigt war, so bedurfte es auch dort noch vieler Gespräche zu noch weiter im Hinterland stationierten Einheiten, Feldlazaretten und Amtsstellen der mit der Fürsorge für die Zivilbevölkerung betrauten Ämter – Gespräche, die an diesem Feiertag nur schwer Teilnehmer fanden –, bis Jänttinen, der schon geschworen hatte, er nehme das Kind einfach wieder mit, soweit zufriedengestellt war von den Auskünften und Versprechungen, daß er das Bündel einer älteren Lotta überließ, die ihm, wie um ihn zu trösten, anvertraute, Juhani sei bei ihr in gewohnten Händen, sie habe selbst drei Kinder geboren und erzogen, soviel wie er verstehe sie auch. Und doch stand Jänttinen in erschütternder Zaghaftigkeit da, als er das Bündel aus seinen Händen ließ. Er ließ die Arme hängen, als seien sie fortan zu nichts mehr nütze, betrachtete schweigend seinen Juhani in den Armen der Fremden, drehte sich dann auf dem Fleck um und ging.

Er wartete draußen vor dem Haus, als die andern nachkamen. Als Heiskanen ihm Namen und Anschriften von Personen und die Bezeichnung des

Heims vorlas, in das Juhani vermutlich gebracht werden würde [er hatte sich alles in sein Taschenbuch geschrieben], sagte er kein Wort. Auf dem ganzen Heimweg trottete er finster schweigend vor ihnen her, und nur einmal, als ein feindlicher Jäger gar zu niedrig über der Straße patrouillierte und sie in Deckung unter den Bäumen gehen mußten, blieb er in ihrer Gesellschaft.

Sie sahen ihm diese störrische Unkameradschaftlichkeit nach, milder gestimmt gegen ihn als alle andern der Leutnant, und nicht nur weil der glückliche Ausgang des Abenteuers mit dem Kinde seine Abneigung gegen diesen, wie er damals gemeint hatte, wahnwitzigen Ballast beschämte, sondern weil er wußte, daß seit den späten Abendstunden des vergangenen Tages im Bataillonsstab ein Telegramm lag, das Jänttinen mit sofortigem Urlaub für zwei Wochen in die Heimat rief. Der Bataillonsadjutant hatte nicht einmal ihm, Heiskanen, sagen wollen, um was es sich bei diesem Abruf handelte. Es müsse sich da, hatte er ausweichend erklärt, wohl um Familienangelegenheiten handeln, die im Zusammenhang mit Luftangriffen gegen Städte und Dörfer in der Heimat ständen. Man dürfe nicht vergessen, daß das Leben nicht nur in der vordersten Linie gefährlich sei. Das Telegramm sei gekommen, während Jänttinen auf Patrouille gewesen war, den Heiligen Abend aber habe man ihm gestern nach der Rückkehr nicht zerstören wollen und deshalb beschlossen, bis heute zu warten. Auch seien, wie ihm, Heiskanen, wohl aufgefallen sei, am Heiligen Abend keine Zeitungen ausgeteilt worden. Das habe man bis auf morgen verschoben. Die Briefpost sei von älterem Datum als die Zeitungen, die nur ein paar Tage brauchten, um nach vorn zu gelangen. Mit der frischen Erinnerung an dieses Gespräch betrachtete Heiskanen den schweigsamen Jänttinen und schlug immer neue Abstecher von dem Weg ins Frontquartier vor, um den Augenblick, da Jänttinen zum Kompaniestab gerufen wurde, hinauszuschieben. Insgeheim fragte er sich, ob nicht auch schon für ihn solch ein Telegramm angekommen sei, und erst als ihm dieser Gedanke aufgetaucht war und keine Ruhe mehr gab, beharrlich weiterbohrte und ihm einen Schrecken einflößte, so heiß, als habe er das Telegramm schon gelesen – da schlug er ungesäumt den Rückweg ein, immer rascher, je näher sie dem verödeten Zeltquartier kamen. Schon in einiger Entfernung sah er das beschriebene Blatt Papier, das jemand in ihrer Abwesenheit vorsorglich am Eingang angebracht hatte. Er wußte, was darauf stand, und eilte nicht mehr, ließ den andern wie von ungefähr den Vortritt und betrachtete Jänttinens Rücken, als der Riese davor dem Papier stand und mit lautlos mitsprechenden Lippen las: »Korporal Jänttinen sofort zum Kompaniestab kommen!«

Er ging abseits, wie um auf der anderen Seite des Zeltes etwas nachzusehen, als er gewahrte, wie Jänttinen starr dastand und sich dann zögernd, mit ein paar Schritten, die noch richtungslos waren, anschickte, dem Befehl nachzukommen. Er war im ersten Augenblick entschlossen, wegzugehen und so lange auszubleiben, bis Jänttinen aufgebrochen war. Dann aber schämte er sich, und kaum hatte er bemerkt, wie Jänttinen – nun in schlecht verhehlter Eile – zum Stab ging, da kehrte er ins Zelt zurück. Denen, die drinnen waren – es waren alle fünf –, erzählte er kurz, was er gewußt habe und daß Jänttinen schwerlich aus einem freudigen Anlaß zum Kompaniestab befohlen worden sei und dort Heimaturlaub erhalte. So kam es, daß, als Jänttinens holprige, halb springende Schritte von draußen her vernehmbar wurden, das dämmrige Zelt mit seinen Bewohnern ihn mit betretenem Schweigen empfing.

Jänttinen selber aber schien das nicht einmal zu bemerken. Die Nachricht, die er empfangen, hatte ihn dermaßen verstört gemacht, daß er seiner Umgebung keinerlei Beachtung schenkte. Er sagte in abgerissenen Sätzen, daß er gleich aufbrechen und nach Hause fahren müsse, und schien gar nicht zu vermissen, daß sich bei dieser Nachricht nicht die freudige Aufregung einstellte, die sonst jeden Urlauber umgab und eine Sturzflut von Anliegen an ihn, was alles er mitbesorgen könne, im Gefolge hatte. Er kramte ein paar Sachen zusammen und stürzte mit einem zerstreuten Gruß in sein altes, richtiges Quartier, wo er seine übrigen Habseligkeiten verwahrte. Der Abschied war dermaßen ungewöhnlich, daß sie alle aufstanden, vors Zelt hinausgingen und ihm wortlos nachblickten, aber da war er schon zwischen den Bäumen verschwunden.

Er kehrte auch gar nicht noch einmal in ihr Zelt zurück. Als sie später bei seiner Kompanie nach ihm forschten, hörten sie, daß er Urlaubsschein und Marschbefehl gleich beim Kompaniestab mitbekommen habe, nicht bis zum Abend auf eine

Fahrgelegenheit habe warten wollen, sondern ungesäumt aufgebrochen sei. Er habe kaum etwas gesprochen. Mit aufgerissenen Augen, die Stirn von Schweißtropfen besät, habe er seinen Rucksack gepackt und sei beinahe grußlos auf Schneeschuhen losgefahren.

Diese Auskünfte verschlugen ihnen das Gespräch. Der ruhige Nachmittag dieses ersten Feiertages kroch in qualvoller Lautlosigkeit dahin. Sie schliefen viel. Am Abend, mit dem Postempfang, kamen zum erstenmal Zeitungen – Zeitungen, die auch Jänttinen überall, wo er jetzt auch sein mochte, in die Hände geraten konnten und in denen seine ganze Familie in der amtlichen Bekanntgabe über die Opfer unter der Zivilbevölkerung, die ein feindlicher Angriff gegen die kleine Stadt L. gekostet habe, aufgeführt stand. Ein Volltreffer hatte das Vorstadthäuschen zerstört. Alles übrige erfuhren sie erst später.

Sie befanden sich da schon längst nicht mehr in den Stellungen, in denen sie Weilmachten gefeiert hatten, denn noch am St.-Stephans-Tag war der unterbrochene Vormarsch wieder aufgenommen und unter Beachtung der Meldungen, welche die Fernpatrouille heimgebracht, mit flankierender

Umgehung der Hindernisse, welche den finnischen Vormarsch auf der Straße zu verzögern beabsichtigten, bis über das Dorf Kangasjärvi hinaus vorgetragen worden. Die wenigen Häuser dieses Dorfes, die stehengeblieben waren und die zu entminen eine Arbeit gekostet hatte, bei der es nicht ohne Opfer abgegangen war, beherbergten jetzt einen Bataillonsstab und ein Feldlazarett. Zu diesen wenigen Häusern gehörte auch das, in dem Jänttinen, Sanavuori und Suukselainen das Kind entdeckt hatten. Von den sieben war gerade Suukselainen dicht hinter Kangasjärvi verwundet worden und hatte als Verwundeter die Bekanntschaft mit dem Hause flüchtig erneuert, bevor er in ein Etappenlazarett verbracht worden war. Doch auch dieses Etappenlazarett lag in einer Gegend, zu der die sieben von früher her eine, wenn auch äußerlich lockere, Verbindung unterhielten, denn in seiner Nachbarschaft lag mit einem Lager für die einheimische Bevölkerung, die durch Kriegshandlungen obdachlos geworden war, jenes Heim, in dem man elternlose Kinder jeglichen Alters untergebracht hatte, und in dieses Heim hatte man auch Juhani aus Kangasjärvi gebracht.

In den Tagen seiner Genesung verschaffte Suukse-

lainen sich dort Zutritt und feierte Wiedersehen
mit dem Kinde. Er hörte dort aber auch von den
Pflegerinnen, daß inzwischen einer seiner Kameraden dagewesen sei, Juhani Kangasjärvi [so wurde
das Kind nun in amtlichen Listen geführt] besucht
und darauf bestanden habe, ihn an Sohnes Statt
anzunehmen, und aus zwei Briefen, die er von den
an der Front verbliebenen Kameraden erhielt, und
aus den Erzählungen der Pflegerinnen konnte er
sich ein Bild machen, was alles sich zugetragen hatte seit jenem von tödlichem Schweigen geschla-
genen Tage, an dem ihr Kamerad Jänttinen sie
verlassen hatte.

159

Jänttinen erfuhr von dem Unglück, das sein Haus geschlagen hatte, schon aus den ersten, rasch zerlesenen, fettfleckigen Zeitungen, die ihm während eines Wartehaltes in Frontnähe in einer Soldatenkantine in die Hände gerieten. Er saß zwischen andern an dem mit Lachen von verschüttetem Kaffee befleckten Tisch; Lautsprechermusik und Stimmengewirr hüllten ihn ein. Er hielt lesend den Kopf in beide Hände gestützt und saß auch, nachdem er die Zeitung drei-, viermal nacheinander gelesen hatte, genauso da. Eine kleine Zeit – wie lange, wußte er nicht – stahl sich aus seinem Leben fort, er wußte nicht, wohin. Sie war nicht mehr da, als er gleichsam erwachte, war verronnen, ohne daß er's gewußt oder gemerkt. Der große Barakkenraum brauste wie eine Turbinenhalle in seinen Ohren. Als er aufstand, schwankte er, und etliche von seinen Nachbarn flüsterten schon etwas davon, daß der da die alkoholfreie Frontzone wohl etwas verschmälert habe; doch als sie gewahrten, wie der Schwankende die Zeitung, die er gelesen, mit tränenüberströmtem Gesicht zusammenfaltete und in die Tasche steckte, schwiegen sie still. Der ganze Tisch war vor Entsetzen verstummt, als Jänttinen mit atemberaubender Langsamkeit seine Sachen zusammenpackte und grußlos nach draußen ins Dunkle verschwand.

Er fuhr diese Nacht und den folgenden Tag, erst mit den ins rückwärtige Gebiet fahrenden Transportkolonnen, vom frühen Morgen an mit der Eisenbahn. Er hatte großes Glück, was die Verbindungen betraf, aber kein Glück freute ihn, denn er hatte, abermals und immer wieder die allmählich zerschlissene, in jeder Falte schon leere Zeitung le-

send, sich ausgerechnet, daß er für alles zu spät kommen würde.

Was ihm verblieb, als er schließlich spät in der zweiten Nacht das Städtchen L. erreichte, war nicht viel, doch das Wenige tat er mit schlaflosen, brennenden Augen gleich. Er stand eine Weile in der verdunkelten Straße vor den Resten seines Hauses und hörte die ewig mißtrauischen, zänkischen Vorstadthunde heulen. Dann legte er sein Gepäck hinter eine Schutthalde, dorthin, wo früher einmal die Treppe in den Keller seines Hauses geführt hatte, und ging zum Friedhof. Es war auch hier in der Heimat viel Schnee gefallen, und die Kälte unter frostklarem Himmel ließ seine Schritte knirschen. Die Verdunkelung aber, so streng sie eingehalten wurde, ersparte ihm jedes Wiedersehen.

Draußen vor der Stadt, auf dem Friedhof, ging er den Weg entlang, den die meisten Schritte ausgetreten hatten und der von der Pforte her noch mit gehacktem Tannenreisig ausgestreut lag, das ihn im Zwielicht zwischen Himmel und Erde wie einen wasserlosen, stummen Bach zwischen die verschneiten Hügel zeichnete. Kein Windhauch war zu spüren, doch als er die lange Reihe der frischen, einheitlich mit kleinen, weißen Kreuzen gekennzeichneten Gräber abschritt, in denen die Opfer des Angriffs als ruhmlose Soldaten des größeren Heeres in der Heimat bestattet worden waren, hörte er zwischen seinen Schritten die vom Frost verbrannten Kränze aus einst lebendigen Blumen und

das wachsierte Papierwerk der künstlichen Sträu-
ße, von denen selbst jetzt ein matter Widerschein
blinkte, spröde knistern, als sprängen da zu dieser
finsteren Stunde Kapseln auf, die ihren Samen verstreuen wollten.

Er zündete seine Taschenlampe an, als er's gar nicht
mehr zu tun brauchte, schon wußte: hier!... aber
bevor er sich in den Schnee niederfallen ließ, so,
wie er manchen Kameraden an der Front von
einem Schuß ins Herz getroffen hatte zusammen-
brechen sehen, las er die Namen deutlich im Schein
der Lampe und doch wieder so verschwommen, als
stünden sie hinter einer unaufhörlich niederströ-
menden, in der Gleichförmigkeit wie erstarrten
Breite fallenden Wassers...

Weniger als drei Tage später war Jänttinen abermals auf dem Weg an die Front. Finster, schweigsam, auf keine Anrede achtend, saß er in einem der
schier endlosen, verdunkelten Züge, die allabend-
lich die Fracht lärmender Soldaten weiter und weiter nach Osten führten. Er sprach mit niemandem,
niemand sprach mit ihm, nachdem er jeden Ver-
such, ihn zum Reden zu bringen, mit Schweigen
abgewehrt hatte. Der Militärpolizei, der er auf Ver-

langen seine Papiere hinstreckte, blickte er so finster ins Gesicht, daß selbst der athletische Hüne, der – die Papiere musternd – vor ihm stand und die dem Urlaubsschein nach eben erst angetretenen zwei Wochen Urlaub in keinen vernünftigen Zusammenhang mit dem Datum dieses Tages zu bringen vermochte, davon abstand, ihn zu fragen, warum er schon unterwegs sei, und ihm den Schein stumm zurückgab.

Als Jänttinen zwei Nächte und einen Tag unterwegs war, kam er in die Gegend, in welcher die Namen ihm jetzt mehr sagten als zuvor, eine Gegend, in der er sich mit einemmal wie zu Hause fühlte. Bisweilen verschwand hier schon das Kreuz mit den drei Namen, das er sonst überall, wo nur Schnee lag, vor sich sah. Und als er einmal in der Etappe einen Friedhof sah – keinen Soldatenfriedhof, sondern einen für die Menschen, die einmal hier gewohnt hatten –, schloß er sogleich die Augen und war froh, daß das Lastauto, mit dem er unterwegs war, schnell fuhr. Im übrigen aber ließ er sich Zeit, oder die Zeit ließ ihn in Frieden; ihn drängte kein naher Tag, an dem er sich zurückmelden mußte. Schweigsam und allezeit abseits half er die Soldatenheime bevölkern, deren ihn jeden Tag ein anderes aufnahm. Irgendwann einmal sang und schrie man laut und hieß ein neues Jahr willkommen, aber er sang nicht mit. Bisweilen hatte er das Gefühl, er wisse nicht mehr, woher er komme und wohin er wolle. Seine Kompanie war ihm wegmarschiert. Er konnte sich nicht vorstellen, wie er sie in den großen Wäldern jemals wiederfinden sollte. Aber ohne daß er es merkte oder besonders viel dazu tat, sog ihn doch jede Stunde, die er marschierend oder unter der Plane eines Lastwagens verbracht, tiefer und tiefer in jene Einöden hinein, in denen die weit vorgeschobene Front jetzt verlief, und immer noch hatte er acht Tage Urlaub.

Als in irgendeiner Kantine unterwegs, in der er sich ein Geschirr voll Erbsensuppe holte, eine ältere Lotta ihn wiedererkennend anblickte und ihn nach seinem Sohn fragte, war es zunächst finsteres Schweigen, zu dem er seine Zuflucht nahm, wie gegenüber allen Lebendigen, die ihn anredeten. Doch schon der nächsten Frage: Ob er denn nicht jener Korporal sei, der ihr vor kaum zwei Wochen ein Kind übergeben habe, das er auf einer Patrouille irgendwo weit hinter der Front gefunden hatte, wußte er nicht mehr das alte, finstere Schweigen entgegenzusetzen – jene Wand, die er während der vergangenen Tage zwischen sich und der Welt aufgerichtet hatte. Er guckte sie an und nickte stumm.

Ob er bei dem Kleinen gewesen sei?

Er schüttelte stumm den Kopf und wandte sich schon ab, um zu gehen, als er wieder stehenblieb und beinahe unhörbar zurückfragte, wo das Kind jetzt sei.

Das Kind? Hätten sie es nicht Juhani genannt? – Juhani, der sei jetzt in einem Heim, das nur ein paar Kilometer entfernt von hier liege. Er solle sich nur an die Lagerleitung dort wenden und fragen. Als Juhani sei er hingebracht worden, Juhani und noch etwas, sie erinnere sich nicht mehr, wie es geheißen habe …

»Kangasjärvi!« flocht er ein.

Ja, das könne wohl sein.

Sie nickte ihm zu, nahm das nächste Geschirr, das ihr zugereicht wurde, Jänttinen ging. Zögernd, zwischen jedem Löffel lange in das Geschirr bückend, als müsse er die Erbsen zählen, aß er. Dann stand er vor der Baracke, blickte ins Dunkel, als wolle er die Wege erkennen, lauschte in das ferne Rollen der Front, an der die Minenwerfer angefangen hatten zu arbeiten, und drängte sich

schließlich, als habe er es sich doch anders über-
legt, durch die Gruppen, die rauchend im Freien
umherstanden und auf irgend etwas warteten, zu
den Wagenkolonnen, die nach vorn sollten. Er
stieg auf und hockte schweigend auf der Fracht, ob
man ihn auch bisweilen ansprach, und merkte erst,
daß sie abgefahren waren, als die Abschüsse und
Einschläge eines morgendlichen Duells zwischen
den beiden Fronten die mechanische Reaktion
eines frontgewohnten Soldaten bei ihm auslösten.
In seinem eigentümlichen Schweigen war er, ohne
es zu wollen oder zu wissen, allen, die mit ihm
fuhren, unheimlich geworden. Man war froh, als

er absprang, um den Stab zu suchen und seine alte Kompanie zu finden.

Doch als Jänttinen dem Dämmerdunkel unter der Zeltplan entstieg, sich seinen Rucksack und die Schneeschuhe herunterlangte und einen Augenblick wie zwischen Schlaf und Wachen regungslos dastand, bis das schwankende, dunkle Gehäuse des Lastwagens weitergerollt war, strich er sich im nächsten Augenblick übers Gesicht, als müsse er ein Gespinst entfernen. Er blickte sich um. In dem grauenden Morgenlicht, das sich wie ein nüchternes Frösteln zwischen Himmel und Erde stahl, stand er vor dem Haus, in dem sie Juhani gefunden hatten! Erst meinte Jänttinen zu träumen. Er ging die Straße mit ihren zinngrau blinkenden Fahrspuren weiter, kehrte mit einemmal um und ging zurück, über die Stelle hinaus, bei der er abgestiegen war. Dann betrachtete er das Haus, an dessen kleinem Balkenvorbau ein bleiches Fähnchen mit dem roten Kreuz hing. Und dann setzte er sich auf seinen Rucksack, das Gewehr vor der Brust. Er saß, saß da, nichts weiter. Er atmete tief. Die bei aller Kälte feuchte Luft erfrischte ihn. Mitunter betrachtete er das Haus, ließ den Blick weiterschweifen zum nächsten – viele, merkte er, fehlten.

Dann stand er auf und stapfte dem Dorfausgang zu. Erst die Scheune, wenn es sie gab, konnte ihn überzeugen – die Scheune, hinter der sie damals gesessen und in der sie geschlafen hatten. Und die Scheune stand genau dort, wo sie stehen mußte. Überdies hätte es auch dieser Scheune gar nicht bedurft, er hatte ja im Grunde genommen doch schon vorher das Dorf wiedererkannt. Von ferne, auf der Straße stehend, betrachtete er die Scheune. Dann kehrte er um und ging zum Stab.

Gegen Mittag meldete er sich zum allgemeinen Erstaunen bei seiner Kompanie zurück, die – aus der ersten Linie zurückgezogen – in Ruhestellung lag. Er empfing ein paar verlegene Händedrücke und ein scheues Gemurmel des Beileids, das er nicht zu hören schien; dagegen stand er sichtlich verwirrt da bei der Eröffnung, man habe mit seiner vorzeitigen Rückkehr gar nicht gerechnet, und es sei fraglich, ob seines Bleibens bei der Kompanie lange sei, irgendeine Versetzung zu einem Wachkommando weiter hinten sei in der Schwebe, der Bescheid jedoch noch nicht endgültig gekommen, einstweilen könne er natürlich bleiben.

Dieses nun schien ihm, kaum daß er freiwillig vor der Zeit zurückgekommen war, schwerzufallen. Er hockte den Nachmittag über in den verschiedensten Zelten – immer stumm, eine merkwürdig lähmende Stille um sich verbreitend, als sei sein Unglück so groß, daß er unter Menschen keine Heimstatt mehr haben könnte. Niemals fragte er nach alten Kameraden, ob sie noch bei der Truppe seien oder schon tot und verwundet [denn die Kompanie hatte beträchtliche Verluste gehabt] –, er schien, obschon zurückgekehrt, nicht richtig anwesend zu sein und dämpfte mit irgend etwas, was stumm in ihm vorging, auch die Gesprächigkeit der andern. So nahm es niemand wunder, daß er am Abend nicht mehr da war. Ja, im Grunde genommen war man froh, daß sein finsteres Gesicht mit den tief eingesunkenen, schlaflosen Augen nicht mehr als Schreckgespenst künftigen Unheils in die flüchtige Sorglosigkeit dieser Ruhetage starrte. Es hieß von Mann zu Mann, beiläufig erwähnt und schnell abgetan, Jänttinen habe sich um die Zeit, da mit einbrechender Nacht die Transporte der Verwundeten und der »stillen Jungen« in die Etappe abgingen, unvermutet beim Kompaniefähnrich gemeldet und gefragt, ob er noch einmal nach hinten dürfe, er habe da etwas vergessen, und natürlich sei ihm das, da er ja noch sieben Tage

Urlaub zugut hatte, bewilligt worden. Nur sei ihm aufgetragen worden, sich vor der Rückkehr zur Kompanie zu erkundigen, ob er nicht inzwischen zu einer andern Einheit kommandiert worden sei.

Mit den Verwundeten und den »stillen Jungen«, den Toten, fuhr Jänttinen also am gleichen Tage zurück. Die »stillen Jungen« enthoben ihn der Mühe, reden zu müssen. Er sprach erst wieder, als er am Vormittag des folgenden Tages bei dem Heim für elternlose Kinder Einlaß begehrte. In voller Feldausrüstung stand er eine Weile vor der Tür und unterhielt sich mit den Frauen auf der Schwelle, ob er hier am rechten Ort sei. Er wolle Juhani aus Kangasjärvi sehen. Vielleicht heiße das Kind – es sei ungefähr anderthalb Jahre alt oder so – auch schon in den Papieren so. Das sei sein Kind, sein Sohn …

Er mußte von den Schneeschuhen steigen, denn man bat ihn herein. Wortkarg antwortete er dort auf viele Fragen. Irgendwie aber schien man von allem zu wissen und verglich, was er zur Rechtfertigung seines Ansinnens anführte, mit allem dem, was in einem Buch vermerkt stand. Und mit einemmal – er hatte das noch gar nicht erwartet, er war noch völlig unvorbereitet –, mit einemmal

171

machte die Frauensperson, mit der er geredet hatte, eine Bewegung ... Bitte, er solle mit ihr kommen! Jänttinen starrte sie fassungslos an. Dann stolperte er ihr mit tauben Füßen nach. Sie führte ihn durch den Gang in ein sehr geräumiges, beinahe saalartiges Zimmer, in dem in der einen Ecke Kinderbetten so eng nebeneinandergerückt standen, daß kaum noch Platz zwischen ihnen blieb, während in dem freien Raum beim Fenster kleine Kinder umherschwankten und spielten. Alle hatten Kittel von der gleichen Farbe, sie sahen wie kleine Uniformierte aus.

Neben der Tür blieb die Frau mit ihm stehen. Jänttinen blickte wie gebannt zu den Betten hinüber.

Nun, ob er seinen Sohn wiedererkenne, wurde er gefragt. Jänttinen wandte sich ihr widerwillig zu. Er könne von hier aus nicht in die Betten hineinsehen, sagte er.

Aber da sei doch der Juhani gar nicht! Ein Bürschchen von anderthalb Jahren liege nicht mehr im Bett. Da sehe man, daß er selbst keine Kinder habe.

Jänttinen antwortete nicht. Er ging weiter ins Zimmer hinein, auf die spielenden Kinder zu, die bei seinem Nahen innehielten und aufblickten.

Die Pflegerin sah, wie er mit schlaff herabhängenden Armen auf die Schar zuging, stehenblieb und irgend etwas sagte, was sie nicht verstand. Dann aber gewahrte sie, wie Juhani, der kleine Findling aus Kangasjärvi, mit einemmal zu dem fremden Soldaten aufblickte und wie ein kaum merklicher Widerschein des Erkennens über das kleine Gesicht ging. Im selben Augenblick hockte der Soldat nieder und blieb auf den Knien. Er streckte die Hände nach dem Kinde aus, das langsam auf ihn

zukam und sich von ihm in die Arme schließen ließ. Jänttinens Hände legten sich um den mageren Rücken und streichelten ihn. »Juhani, Jussi!«

murmelte er, und das Kind plapperte ihm etwas ins Ohr, was wohl nur er zu deuten verstand – vielleicht über das Begreifen hinaus das wehmütige und zugleich freudige Wissen, daß seit der einen Heiligen Nacht der Geburt keiner von uns Menschen mehr nur für sich leben kann, aber daß wir auch alle nicht mehr für uns allein sterben können; daß wir füreinander verloren werden und füreinander gefunden, bis wir vereinigt werden in der Einen Hand.